그대를 듣는다

# 그대를 듣는다

시를 잊은 그대에게, 그 두 번째 이야기

정재찬 지음

H

# 시가 주는 위로,
# 마침표 하나

누구에게나 상처 주고 상처받은 나날들이 있을 겁니다. 지우고 싶었던, 거의 잊힌 듯싶었던, 앙금처럼 가라앉은 지난 기억들. 허나 어쩌다 한번 휘저으면 금세 흙탕물처럼 일어나고 맙니다. 나이 먹는다고 달라지는 법이 없습니다. 회한은 그런 겁니다. 말끔한 인생은 없습니다.

그래도 인생은 매번 다시 시작하는 겁니다. 그러려면 내 잘못도 바로 보고, 나만 그런 게 아니라는 것도 알아주어야 합니다. 타인과 자신에 대한 애련과 연민이 소중한 것은 그 때문입니다. 돌아누우며 신음하는 누군가의 어깨를 내가, 아니 흐느끼는 내 어깨를 누군가 토닥여 주길 우리는 간절히 바라며 살아가지 않습니까.

위로와 소통, 그것을 시가 할 수 있다고 믿었습니다. 시인은 타인 대신 아파하고 신음하고 끙끙 앓다가 오랜 침묵을 깨고 마침내 목소리를 찾아 주는 자이기 때문입니다. 그러기에 경청해야 합니다. 말한 것과 말한 것 사이, 말한 것과 말하지 않은 것 사이, 말로 하지 못한 것까지, 모조리, 온전히, 귀 기울여 들어 주어야 하는 것입니다.

그렇게 시가 우리를 듣고, 우리가 시를 듣습니다. 그리고 그렇게 시와 주고받은 살뜰한 이야기들을 모아 새로 책을 펴냅니다. 시를 통한 몽상은 경쾌합니다. 미지의 세계를 찾아 발산하고 부유하는 자유가 거기에 있습니다. 시를 통한 묵상은 심오합니다. 그것은 수렴하고 몰입하는 힘이 있어 내면을 관조하는 데 제격입니다.

　　하지만 시가 탈속의 무릉도원은 아닙니다. 시를 잊지 않는 것이 아무리 소중하더라도 시에 빠져 세상을 잊어서는 안 되는 것, 시를 통해 현실의 맹목으로부터 벗어나는 것은 중요하지만 현재와 불화하지 않도록 그저 추억과 감상에만 머물러서는 안 된다는 것, 시가 적셔 놓은 우리의 눈은 바람이 말려 줄 터인즉 그렇게 맑아진 눈으로 다시 시와 세상을 바라보아야 하리라는 것, 부족하나마 이 책에는 그런 생각들을 조금 녹여 보고자 했습니다.

　　물론 내게 그런 자격이 있는지에 관해서는 여전히 되묻곤 합니다. 다행히 이번에도 위로는 시에게서 옵니다.


어쩌면 우리는
마침표 하나 찍기 위해 사는지 모른다
삶이 온갖 잔가지를 뻗어
돌아갈 곳마저 배신했을 때
가슴 깊은 곳에서 꿈틀대는 건
작은 마침표 하나다
그렇지, 마침표 하나면 되는데

지금껏 무얼 바라고 주저앉고

또 울었을까

소멸이 아니라

소멸마저 태우는 마침표 하나

비문도 미문도

결국 한번은 찍어야 할 마지막이 있는 것,

다음 문장은 그 뜨거운 심연부터다

아무리 비루한 삶에게도

마침표 하나,

이것만은 빛나는 희망이다

- 황규관, 〈마침표 하나〉

　시가 주는 위로는 이런 겁니다. 그래요, 마침표 하나 찍는다고 생각하면 됩니다. 마침표 찍힌 문장 저마다 존재 이유와 역할이 있듯, 크든 작든 잘났든 못났든 모든 마지막은 눈물겹습니다. 마지막은 패배가 아니라 맺음이지요. 행여 다음 문장을 또 쓸 수 있다면 더 빛나는 희망이겠고요. 그러기 위해서라도 이젠 정말 마침표를 찍어야겠습니다. 다만 이 땅의 시인들에 대한 감사만은 마칠 수가 없겠습니다. 하염없이 듣겠습니다. 그대의 목소리와 그대의 침묵까지도.

2017년 5월 한양에서

정 재 찬

# 차례

# 1. 두근두근, 그 설렘과 떨림

운명이 가슴을 두드리는 소리

사랑이란 두 개의 심장을 가까이 포개는 거다.

두근거리며 안았을 때,

안긴 그의 두근거리는 심장이 느껴질 때,

우리의 심장은 더 두근거리게 된다.

둘의 가슴이 하나로 합쳐지면서 엄청난 파동이 일어나는 것이다.

# 인생의 굽이굽이
# 들려오던 그 소리, 두근두근

소싯적 간단하고도 분명하게 배웠던 게 의성어와 의태어였건만, 생각할수록 구별이 만만찮다. 실제로 '보글보글'이라는 단어는 의성어로도 의태어로도 쓰일 정도니 말이다. 문제는 감각의 분화가 잘 이루어지지 않아 그게 어느 감각기관에서 느껴지는지 헷갈릴 때 일어난다. 내 경우, '두근두근'이 그렇다. 머릿속으로야 그것이 의태어임을 모를 리 없건만, '두근두근'을 몇 번만 반복해 소리 내어 보면 그새 가슴팍에서 소리가, 내 안에서 가슴을 두드리는 소리가, 인생의 굽이굽이 삶의 고비마다 나를 두드리던 그 소리가 선뜻선뜻 들려오는 것이다.

일단 그 소리가 들려오면, 가슴 졸이던 그때의 정경이 절로 눈앞에 펼쳐지고, 조금만 용을 쓰면 그때의 아련한 향내마저 다시 불러

올 수 있다. 그러니 '두근두근'은 내 오감을 흔들며 추억을 반추하고 회상하게 하는, 단어 하나로 이루어진 마법의 시인 셈이다.

그러니까 '두근두근'은 초등학교 시절 체육시간, 친구들이 다 지켜보는 가운데 뜀틀 높이뛰기에 도전할 차례가 되어 입을 앙 다물며 도움닫기를 시작하는 순간, 가슴속에서 고동치며 들려오던 바로 그 소리 같은 거다. 평소에 잘 넘던 4단 앞에서는 들리지 않다가 5단 앞에 서면 어김없이 다가오던 그 소리, 5단을 넘고 나면 6단 앞에서 또다시 들려오던 그 소리 말이다. 무사히 뜀틀을 넘고 난 뒤 매트를 밟고 서서 가슴과 두 팔을 한껏 펼칠 때의 그 쾌감에 대한 기대와 설렘이, 넘지 못했을 때의 좌절과 창피에 대한 불안과 맞부딪치며 내던 그 소리, 두근두근.

불안 없는 설렘, 설렘 없는 불안은 그런 소리를 만들어 내지 못한다. 인생의 장애물은 불안의 원천이자 쾌감의 디딤돌이 되곤 한다. 제비뽑기나 신체검사, 입학이나 취직, 원하든 원하지 않든 넘어야 했던, 그래서 넘기도 하고 넘어지기도 했던 인생의 뜀틀은 많기도 참 많았다. 그리고 그때마다 두근두근 떨어야 했다. 그래도 젊을 땐 실패할 가능성이 높아 보여도 고생 뒤 성공이 줄 보상감, 그 기쁨과 쾌감을 기대하며 과감히 도전할 수 있었다. 기대가 크면 실망과 상처도 크게 마련이지만, 그렇다고 멈추면 청춘이 아니다. 그래서 도전하는 것이다. 도저히 불가능해 보이는 저 첫사랑에 말이다.

# 첫사랑,
# 햇솜 같은 마음 다 퍼부어 준

흔들리는 나뭇가지에 꽃 한번 피우려고
눈은 얼마나 많은 도전을 멈추지 않았으랴


싸그락 싸그락 두드려보았겠지
난분분 난분분 춤추었겠지
미끄러지고 미끄러지길 수백 번,


바람 한 자락 불면 휙 날아갈 사랑을 위하여
햇솜 같은 마음을 다 퍼부어 준 다음에야
마침내 피워낸 저 황홀 보아라


봄이면 가지는 그 한번 덴 자리에
세상에서 가장 아름다운 상처를 터뜨린다

- 고재종, 〈첫사랑〉


저 아래 흔들리는 나뭇가지를 향해 눈송이는 하늘 한복판에서부터 도움닫기를 한다. 빗나가기 일쑤다. 스치는 정도로는 안 된다. 착지까지 완벽하게, 단단히 붙어야 한다. 실로 무모한 도전인데 눈은 포기하지 않는다. '싸그락 싸그락' 두드려도 보고, '난분분 난분분'

춤도 춰 보고, 미끄러지고 미끄러지길 수백 번. 그 수백 번의 두근거림을 겪고 나서야 마침내 눈은 눈물 나게 아름다운 눈꽃이 된다. 아, 황홀한 첫사랑이여.

두근거리지 않는 사랑이 어디 있으랴만, 첫사랑의 두근거림은 세월이 한참 지나도 가슴에 여진餘震이 인다. 어쩌면 첫사랑을 못 잊는 게 아니라 첫사랑의 두근거림을 못 잊는 것일지도 모른다. 하지만 그때 어찌 알았으랴. 햇솜 같은 마음 다 퍼부어 주었건만, 눈꽃처럼 아름다운 첫사랑은 그 운명 또한 바람 한 자락 불면 휙 날아갈 눈꽃처럼 지고 말리란 것을. 그래, 눈꽃은 꽃이 아니다. 첫사랑은 사랑이 아니다. 꽃은 봄에 피어야 하듯, 사랑도 그렇다. 허나, 눈꽃이 겨울나무 가지를 감싸야 꽃눈이 맺히고, 그리하여 마침내 그 자리에 봄꽃이 피어나듯이, 첫사랑의 아름다운 상처가 지나야 속내 깊이 물오른 진실한 사랑의 결실을 맺게 되는 법이다. 그건 한 서른은 돼야 안다.

꽃이
피는 건 힘들어도
지는 건 잠깐이더군

골고루 쳐다볼 틈 없이
님 한번 생각할 틈 없이
아주 잠깐이더군

그대가 처음

내 속에 피어날 때처럼

잊는 것 또한 그렇게

순간이면 좋겠네


멀리서 웃는 그대여

산 넘어 가는 그대여


꽃이

지는 건 쉬워도

잊는 건 한참이더군

영영 한참이더군

- 최영미, 〈선운사에서〉


그렇게 힘들게 핀 꽃도 지는 건 순간이다. 겨우내 눈꽃 맺어 춘삼월 겨우겨우 피워 낸 꽃이라면 암만 못 가도 석 달 열흘은 가야 마땅하지 싶은데, 예부터 이르기를 화무십일홍花無十日紅이라, 백 일은 고사하고 열흘 붉은 꽃도 드물다. 그러기에 꽃구경 약속은 미루는 게 아니다.

가끔은 사랑도 그렇다. 피는 건 힘들어도 지는 건 잠깐인 꽃처럼, 공든 탑인 줄로만 알았던 사랑도 순식간에 무너져 내리곤 한다. 열병처럼 앓았던 사랑조차 헤어질 때 이유는 가령 이런 것이다. 어제저녁 왜 전화 안 했어?

　사랑이란 게 뭐 이런가. 서른이 되면 그 정도는 알게 마련이다. 최영미 시인의 저 시가 실린 시집 제목이 《서른, 잔치는 끝났다》(1994)인 게 우연이 아니다. 한데, 그런 생각이 들 때쯤 시인은 다시 또 고개가 갸우뚱해진다. 지는 게 이리 쉬우면 잊는 거라도 쉬워야 할 거 아닌가. 그런데 잊는 건 한참이다. 영영 한참인 거다. 사랑이란 게 대체 뭐기에 이런가. 그건 서른이 아니라 마흔이 돼도 모른다.

　어느덧 지천명知天命의 나이를 훌쩍 넘고 나니 이제야 비로소 사랑도, 인생도 뭔지 조금은 알 듯한데, 두근거림이 영 예전 같질 않다. 동창 모임에서 한 친구 왈, 봄이 오긴 온 모양이라고, 아무 일도 없는데 가슴이 두근거린다고, 제법 낭만적으로 일컬었겠다. 그러자 의사 친구가 말했다. 부정맥 검사 받아 보라고. 젠장, 두근거림에도 시효가 있나. 아닌 게 아니라 최대 심박수를 계산하는 공식이 '220-자기 나이' 또는 '208-(0.7×자기 나이)'라고 알려져 있다. 과학적으로 논란의 여지는 있다지만, 나이가 심장의 두근거림과 관련이 있긴 한가 보다.


# 두근두근
## 열일곱의 첫사랑

인정할 건 인정하자. 역시 '두근두근'은 십 대, 왜인지 모르지만, 십

대 중에서도 열일곱 살이 제격인 모양이다.

나는 가슴이 두근거려요

당신만 아세요 열일곱 살이에요

가만 가만히 오세요 요리조리로

파랑새 꿈꾸는 버드나무 아래로

가만히 오세요

– 이부풍 작사·전수린 작곡, 〈나는 열일곱 살이에요〉

여러 가수가 간드러지게 불렀지만, 이 노래는 〈아리랑 목동〉, 〈슈샤인 보이〉 등으로 당대를 풍미했던, 그러나 지금은 많이 잊혀진 가수 박단마가 원조다. 실제 그녀 나이 열일곱 살이던 1938년에 발표된 곡으로, 원곡을 들어 보면 알겠지만 비록 정통 재즈와는 거리가 있어도 빅밴드 스윙 풍의 강한 사운드에다 밀고 당기는 창법을 구사하여, 듣다 보면 저절로 듣는 이의 가슴이 두근거리는 느낌을 받게 된다.

너무 올드한가? 그럼, 영화 〈사운드 오브 뮤직The Sound of Music〉(1965)은 어떠실지. 폰 트랩 가문의 장녀 리즐과 우편배달부 랄프가 유리 온실 같은 정원에서 첫사랑의 설렘을 노래한다. 먼저 랄프가 '썸'을 타며 프러포즈 삼아 노래를 던지고, 그것을 받아 리즐이 답을 하며 이중창으로 넘어가던 노래. 이 노래는 뒤에 리즐과 마리아 선생님이 부르는 재창곡으로 다시 등장한다. 그 노래의 제목을 기억하시는가.

〈Sixteen Going On Seventeen〉! 그렇다. 마침 또 열일곱이다. 가슴 두근거리며 부르는 리즐의 노랫말을 들어 보자.

I am sixteen going on seventeen

나는 곧 열일곱 되는 열여섯

I know that I'm naive

나도 내가 순진하단 걸 알아

Fellows I meet may tell me I'm sweet

만나는 남자마다 내가 사랑스럽다 말할 테고

And willingly I believe

그럼 난 기꺼이 그 말을 믿겠지

(중략)

Timid and shy and scared am I

난 여리고 수줍고 두려워

Of things beyond my ken

내가 이해할 수 없는 것들이

I need someone older and wiser

나보다 나이 많고 지혜로운 이가 필요해

Telling me what to do

무엇을 해야 할지 내게 말해 주는

You are seventeen going on eighteen

너는 곧 열여덟이 되는 열일곱

얼마나 아름답고 설레는 장면이었던가. 춤과 노래 뒤, 마
침내 두 사람의 첫 입맞춤이 이루어지는 그 장면을 넋 놓
고 바라보며, 나의 열일곱도 저러길 꿈꾸었다.

I'll depend on you!

내가 기댈 사람은 너야!

- 〈Sixteen Going On Seventeen〉, 영화 〈사운드 오브 뮤직〉 중에서

얼마나 아름답고 설레는 장면이었던가. 춤과 노래 뒤, 마침내 두 사람의 첫 입맞춤이 이루어지는 그 장면을 넋 놓고 바라보며, 나의 열일곱도 저러길 꿈꾸다가 깨었다가 그러다가 그만 어른이 되어 버리지 않았던가. 그래, 열일곱이 뭘 알겠는가. 아니, 열여덟인들 뭘 할 줄 알겠는가. 모르니까 좋은 거다. 마냥 두근거리고 행복한 거다. 한 사람을 사랑하면 덩달아 세상이 온통 아름답게 보이던 그날들은.


# 부모가 된 열일곱,
# 죽음을 앞둔 열일곱

그러나 그 좋은 열일곱 나이에 부모가 되거나 열여덟을 앞두고 세상을 떠나야 한다면 어떨까. 김애란의 소설 《두근두근 내 인생》(2011)은 열일곱 살에 자식을 낳고 서른네 살이 된 부모와, 부모가 자신을 낳던 열일곱 살이 되었으나 조로증早老症으로 죽음을 앞둔 아들의 이야기를 담고 있다. 아이 같은 부모─그래도 역시 부모다운 부모─와 어른 같은 자식─그래도 역시 자식다운 자식─의 슬프도록 아름다운 이야기가 슬프기보다는 아름답게 그려진 작품이다.

이 소설은 동명의 영화로도 제작되었다. 이 특이한 스토리가 주는 감동에 주목하고자 한다면 스토리텔링에 충실한 이 멜로드라마 풍의 영화를 보아도 무방하다. 무려 송혜교와 강동원까지 등장해 고등학생부터 삼십 대 부부 역까지 맡아 열연하니 말이다. 하지만 이 원작 소설의 참맛은 위트 넘치는 경쾌한 문장과 문체에 있다.

《두근두근 내 인생》에서 두근두근하는 장면은 크게 세 번 나온다. 하나는 역시 아들 아름이가 첫사랑을 겪는 대목이다. 병상에서 미지의 상대와 이메일을 주고받으며 이상한 가슴의 동계動悸를 느끼는 것이다. 짧은 생애지만 태어나자마자 늙기 시작한 환자에겐 첫사랑마저도 낯선 증상처럼 다가온다.

"제가 혈압이 오를 때 심장이 막 가빠지고 어지럽고 그러다 메슥거리면서 토할 것 같아지거든요. 길에서 소화전 붙들고 한참 꿇어앉아 있은 적도 있고. 근데 그때랑 비슷한 상태가 되더라고요."

– 김애란, 《두근두근 내 인생》 중에서

그의 병약함을 고려한다면 이 말이 크게 과장은 아닐 것이다. 신기하게도 종종 심리적 증상이 육체적으로 발현됨을 우리는 경험으로 알거니와, 그래서 때로는 처음 겪는 육체적 반응에서 자신의 심리 상태를 거꾸로 추측하고 확인하기도 하지 않는가. 미처 몰랐는데 가슴이 두근거리는 것으로 보아 사랑하고 있음을 확인하는 것처럼.

왕년에 '릴리 시스터즈'가 불러 크게 히트한 노래, 영화 〈행복〉에서 황정민이 더듬더듬 기타를 치면서 임수정에게 불러 준 그 노래, 〈짝사랑〉(김욱 작사·이현섭 작곡)이 바로 그런 식이다. "왜 그런지 가슴이 두근거려요. 그이만 보면 그이만 보면 설레이는 마음을 달랠 길 없어. 짝사랑하고 있나 봐요." 주현미의 〈짝사랑〉(이호석 작사·김영광 작곡)도 그렇다. "마주치는 눈빛이 무엇을 말하는지 난 아직 몰라 난 정말 몰라" 하더니 "가슴만 두근두근" 하자 이내 깨닫는 것 아닌가. "아, 사랑인가 봐."

## 출산과 탄생, 그 신비한 두근거림

하지만 아름이가 두근두근함을 느낀 것이 이게 처음은 아니었다. 사실 이 소설에서 가장 먼저 '두근두근'이 등장한 것은 아름이가 엄마 배 속에서 탯줄을 통해 엄마와 자기 자신의 심장박동을 느낄 때였다. 그 순간은 이렇게 묘사된다.

> 시간은 계속 흐르고… 축축하고 어두운 공간 속에서 내 몸은 자꾸 자라났다. 주위에선 쉴 새 없이 쿵— 쿵— 하는 소리가 들렸다. 나는 그 소리를 귀가 아닌 온몸으로 들었다. 그러고 지하 벙커에서 모스부호 해독에 열중하는 병사처럼 내 주위를 감싸는 그 '떨림'의 실체를 파악하려 애썼다. 그리고 그 암호는 다음과 같았다.

'두근두근… 두근두근… 두근두근…'

- 김애란, 《두근두근 내 인생》 중에서

'두근두근'은 그가 최초로 들은, 귀가 아닌 온몸으로 들은 소리였다. '떨림'이고 '암호'였다. 이 리듬과 비트가 전하는 메시지를 전달받으며 세포들이 자라나고 간이 부풀고 콩팥이 여물며 뼈가 돋아났다. 그러고는 꿈속에서 어머니가 꾸는 꿈과 만나 이렇게 대화를 나눈다.

'나 자꾸 가슴이 떨려요… 가슴이 아프도록 뛰어요… 숨이 넘어갈 것 같은데, 이러다 죽을 것만 같은데… 도무지 멈출 수가 없어요.'

'아가야'

'네?'

'나도, 나도 그래, 가슴이 자꾸 뛰어. 가슴이 저리도록 뛰는데 멈출 수가 없어…'

- 김애란, 《두근두근 내 인생》 중에서

　아이를 태중에 품고 출산을 기다리는 엄마의 가슴만큼 두근거리는 것이 세상에 또 있을까? 기억난다. 스무 해 전의 4월이었다. 아내의 산고는 길었다. 아침부터 대기실에서 기다렸건만 나보다 늦게 온 이들도 하나둘 빠져나가는데 날이 저물도록 아내는 소식이 없었다. 이윽고 가족 면회 시간이 다가왔는데 간호사가 화급하게 면회를 연기한다. 출산이 임박한 산모가 있다는 것이다. 덜컥, 아내임을 직감했다. 무심하게도 나는 고작 반나절 기다려 놓고 지쳐 있었다. 얼마나 미안하고 얼마나 두려웠던지, 그때부터 나는 평생 가장 절박한 기도를, 오직 아내의 건강만을 염려하는 기도를 바치기 시작했다.

　얼마쯤 흘렀을까. 간호사가 보호자인 나를 불러 아들을 순산했다는 복된 소식을 전해 준다. 내 아들이 태어났다니. 아, 그 묘한 기분이라니. 정신을 수습하다가 그해 암 선고를 받으신 아버지가 떠올랐다. 이렇게 전화로 당신의 막내 손자가 태어났노라 전하는데 눈물이 솟구쳤다. 한 생명이 오고 한 생명이 간다. 그러나 그것도 잠시, 아들이 밀차의 바구니에 실려 나타나는 순간, 그만 나는 넋을 잃고 말았다. 처음 본 자식이 눈을 마주치며 방긋 웃고 있는 것이 아닌가. 지금껏 아무도 이 말을 믿어 주지 않지만. 아, 아들아, 첫눈에 반한 내 사랑아. 하마터면 그새 또 아내를 잊을 뻔했다. 서둘러 꽃집에 달려가 꽃바구니에 감사와 축하의 글을 써서 회복실로 돌아올 때까지, 나 또한 가슴이 저리도록 뛰는데 이 두근거림을 당최 멈출 수가 없었다.

삼십 대 중반에도 이렇듯 철없는 남편, 준비 안 된 아비였는데, 열일곱 부모는 어땠을까. 한데 그렇게 소중한 자식이, 열일곱에 낳아 이제 열일곱 된 자식이 꽃도 피워 보지 못한 채 먼저 저세상으로 가야 한단다. 아름이를 보내야 했던 부모의 심정을 나는 상상조차 할 수 없고, 생각조차 하기 싫다. 다만, 아들을 희생시키라는 신의 명령에 따라 아들 이삭을 모리야 산으로 끌고 가서 번제의 제물로 바치려고 한 아브라함에 대해 쓴 키르케고르Sören Kierkegaard의 책 제목만 떠올려 볼 뿐이다.《두려움과 떨림Frygt og Bæven》! 인간의 감정을 모르는 무자비한 신이 아니었던 것. 두려움과 떨림을 누구보다 잘 아시는 신이었다는 것. 그러니 그런 신이 당신 자식을 내어 줄 때 그 또한 두렵고 떨렸으리라는 것. 이것이 내겐 위안이 된다.

그 두렵고 떨리는 길을 이제 아름이는 홀로 건너야 한다. 바로 그때, 아름이는 아주 오래전 탯줄로 만난 어머니의 두근거림을 다시 만나게 된다. 이번엔 아버지다. 먼 길 떠나가는 아들을 힘껏 안아 주는 아버지. 가슴께로 펄떡이는 아버지의 심장박동이 아름이에게 전해진 것이다.

우리는 말없이 서로의 파동 안에 머물렀다. 그 자장 끝 맨 나중에 그러지는 동심원이 토성 주위의 고리처럼 우리를 오목하게 감쌌다. 아주 오래전, 어머니의 배 속에서 만난 그런 박자를, 누군가와 온전하게 합쳐지는 느낌을 다시는 경험할 수 없을 줄 알았는데, 그것과 비슷한 느낌을 줄 수 있는 방법 하나를 비로소 알아낸 기분이었다. 그건 누군가를 힘껏 안아 서로의 박동을 느낄 만큼 심장을 가까이 포개는 거였다. 순간 눈물이 날 것 같았지만 나는 아버지를 안은 팔에 힘을 주었다.

– 김애란, 《두근두근 내 인생》 중에서


# 사랑은 두 개의
# 심장을 가까이 포개는 것

사랑이란 두 개의 심장을 가까이 포개는 거다. 두근거리며 안았을 때, 안긴 그의 두근거리는 심장이 느껴질 때 우리의 심장은 더 두근거리게 된다. 둘의 가슴이 하나로 합쳐지면서 엄청난 파동이 일어나는 것이다. 그 파동은 13억 광년 떨어진 곳에서 블랙홀 한 쌍이 합쳐져 생겨난 중력파와 다름없다.

어린 시절, 우주적 존재인 우리 모두는 부모와 자식이라는 기적적인 우연으로 만나 우주의 소리와 같은 심장박동을 나누며 지냈다. 부모의 품은 전적인 평화로움과 완전한 고요 속 우주와 같았다. 아름이는 그 신비한 평안 속에 머물며 행복해한다. 이제 다만 죽음이라는 블랙홀을 지나 이 우주에서 다른 우주로 넘어갈 뿐이다.

이처럼《두근두근 내 인생》의 아름이는 세상에 태어날 때, 세상 속 사랑에 빠졌을 때, 그리고 세상을 떠날 때 두근거림을 느끼며 그 모든 두려움과 떨림을 이겨 낸다. 이제야 이해가 간다. 왜 이 소설 제목이 '두근두근 내 첫사랑'이나 '두근두근 내 청춘'이 아니라 '두근두근 내 인생'인 지를. 인생의 생로병사 모두가 새로운 다음 세상을 향한 기대와 불안으로, 설렘과 떨림으로 두근거리는 일이라는 것을.

그런즉 뛸틀 뛰던 아잇적부터, 열일곱 지나 첫사랑하고, 서른 지나 결혼하고 아이를 낳고, 부정맥이 두려운 쉰이 넘은 지금까지, 아니 죽는 그 순간까지도 설렘과 떨림, 이 아름다운 두근거림을 나는 잃지 않으련다. 일찍이 베토벤은 교향곡 제5번 c단조 제1악장 첫머리의 동기에 대해 "운명은 이렇게 문을 두드린다"라고 했다지 않은가. 두근거림이란 내 가슴속에서 운명이 두드린 소리가 아니던가!

# 2. 총, 꽃, 시

시는 변방의 언어다

아픈 자만이 아픔을 안다.

작은 것이 큰 것을 고치고,

부드러운 것이 강한 것을 이긴다.

그러므로 꽃이 총을 이긴다.

그리고 그런 꽃을 시는 닮고자 한다.

## 포화 속에서
## 꽃과 시로 피어난 아이들

2015년 9월 2일, 터키 보드룸 해변, 차가운 모래톱에 얼굴을 묻은 채 숨진 세 살배기 소년 아일란 쿠르디. 내전에 휩싸인 고향 시리아의 코바니를 떠나 그리스의 코스 섬으로 향하던 중 그만 난민선이 전복되면서 엄마, 그리고 두 살 터울의 형과 함께 짧은 생을 마감해야 했던 아이. 이 아이를 받아 줄 곳이 이 세상에 한 군데도 없어서 정녕 천국뿐이었단 말인가. 쿠르디를 찍은 사진 기자 닐류페르 데미르는 말한다. 사진을 찍는 것이 "쿠르디의 침묵하는 몸이 지르는 비명"을 표현할 유일한 방법이자 "이 비극을 알리는 최선이었다"고.

그리하여 이 사진은 시詩가 되었다. 순진무구한 꼬마, 그를 둘러싼 평화와 고요가 흐르는 기표 너머로 끔찍하고 잔인한 세계, 그 속의 전쟁과 폭력과 무관심의 기의가 부각되는 시. 이토록 강력한 아이러니와 대조를 경험한 적이 있던가. 그렇게 쿠르디는 시가 되어 우리를 울리고 우레가 되어 세상을 고발했다. 그리고 마침내 그 한 장의 사진, 그 침묵의 비명, 터키 해안가에서 밀려온 동정과 긍휼의 물결이 그토록 강고하게 닫혀 있던 유럽의 국경을, 아니 온 인류의 굳어버린 마음속 빗장을 열었다.

안타깝게도, 그러나 잠시뿐이었다. 두 달이 갓 지난 2015년 11월 13일 금요일, 파리는 피에 젖었다. 테러였다. 학살이었다. 130명이 희생됐다. 악의 검은 그림자가 다시 세계를 뒤덮었다. 며칠 후, 프랑스 매체 〈르프티주르날 Le Petit Journal〉이 올린 동영상이 떴다. 비통과 절망에 빠진 파리, 희생자들을 추모하기 위해 꽃다발과 촛불이 가득 놓인 광장에서 베트남 출신 이민자인 아빠 앙겔과 아들 브랑동이 대화하는 모습을 찍은 영상이었다. 순진하게만 보이는 어린 아들이 어디서 무슨 소리를 들었는지 테러를 피해 이사 갈 걱정까지 한다. 그러자 아버지가 따스한 표정으로 그에게 말한다.

"아니야, 걱정할 필요 없어. 집은 옮기지 않아도 된단다. 프랑스가 우리 집이야."
"그렇지만 나쁜 사람들이 있잖아요? 아빠."
"나쁜 사람들은 어디에나 있단다."
"나쁜 사람들은 총이 있고 우리를 쏠 수도 있어요. 나쁘고 총이 있으니까요, 아빠."
"봐봐. 그들은 총을 갖고 있지만 우리에겐 꽃이 있잖니?"

꽃은 총에 맞서 이긴다. 촛불은 먼저 떠난
사람을 잊지 않기 위한 것이다.

"하지만 꽃으로는 아무것도 할 수 없잖아요? 그들은 우리들을, 우리
들을…".
"사람들이 놓아둔 저 꽃들이 보이지? 총에 맞서 싸우기 위한 거란다."
"꽃이 우리를 보호해 준다고요?"
"그렇고말고!"
"촛불도요?"
"그래, 그건 우리를 떠난 사람들을 잊지 않기 위한 거야."

꽃이 우리를 지켜 주고 촛불이 떠나간 이들을 잊지 않게 해 준다
는 말에 브랑동은 비로소 안심한 듯 미소를 짓는다. 이런 브랑동의
모습에 자꾸만 쿠르디가 겹치는 걸 막을 길이 없다. 쿠르디가 서정
이라면 브랑동은 서사다. 서사의 플롯처럼 브랑동은 인과 관계를 통
해 문제를 해결하기 때문이다. 하지만 이 인과 관계에는 엄청난 비
약이 존재한다. 꽃이 총을 이기고, 그래서 사람들이 꽃을 바치고, 꽃
을 바치는 사람이 저렇게 많으니, 우리는 안전하게 보호될 거라는
비약. 어린아이라서 순진한 탓일까, 아니면 어린아이기에 현자인 탓
일까. 브랑동은 이 비약을 가뿐히 넘어선다.
    그래서 묻노니, 이 야만의 시대에 꽃이 과연 총을 이길 수 있는가,
그리하여 브랑동의 믿음대로 쿠르디를 보호할 수 있을 것인가. 그
답을 이제 다시 시에게 묻는다.

# 전쟁 통에도
# 꽃은 피어나고

할머니 꽃씨를 받으신다.
방공호防空壕 위에
어쩌다 핀
채송화 꽃씨를 받으신다.

호壕 안에는
아예 들어오시질 않고
말이 숫제 적어지신
할머니는 그저 노여우시다.

— 진작 죽었더라면
이런 꼴
저런 꼴
다 보지 않았으련만…

글쎄 할머니,
그걸 어쩌란 말씀이서요.
숫제 말이 적어지신
할머니의 노여움을

풀 수는 없었다.

할머니 꽃씨를 받으신다.
인젠 지구地球가 깨어져 없어진대도
할머니는 역시 살아 계시는 동안은
그 작은 꽃씨를 받으시리라.

- 박남수, 〈할머니 꽃씨를 받으시다〉

평양이 고향인 시인 박남수. 이 작품은 1951년 월남한 그가 피난 민의 생활을 갈매기의 생태에 비겨 그려 낸《갈매기소묘》(1958)라는 시집에 실려 있다. 그러니까 이 시인도 난민이었던 셈. 마침 이 시의 화자도 어린이다. 한데 이 어린 손주가 보건대 전쟁터의 할머니는 노여우시기만 하다. 진작 죽지 못해 못 볼 꼴 다 보고 산다고. 저간에 숨겨진 사연이야 짐작할 수밖에 없다. 이웃들이 학살당하는 걸 봤는 지도, 당신 아들이 먼저 저세상에 갔는지도, 전쟁 통에 세상이 바뀌며 위아래도 없고 경우도 사라져 억울한 해코지를 당했는지도 모른다.

이렇든 저렇든 할머니는 분에 겨워 말수조차 줄어드셨고, 이제 당 신 목숨은 상관조차 않으신다. 방공호에 아예 들어오시지도 않으니 말이다. 그런데 그런 분이 하찮은 채송화, 그것도 '어쩌다' 핀 채송 화, 자잘하기 이를 데 없어 거두기 힘들고 짜증만 잔뜩 나는 그 채송 화 꽃씨를 손수 받으시는 것이다. 채송화라? 혹시 동요 〈꽃밭에서〉 를 기억하는가.

아빠하고 나하고 만든 꽃밭에

채송화도 봉숭아도 한창입니다

아빠가 매어 놓은 새끼줄 따라

나팔꽃도 어울리게 피었습니다.

－어효선 작사 · 권길상 작곡, 〈꽃밭에서〉

맑고 밝게 즐겨 불렀던 노래지만 사실 이 노래는 〈스승의 은혜〉로 유명한 권길상 선생이 1953년 피란 시절에 작곡한 것이다. 아, 피란 시절 그 난리 통에 아빠는 뭐하러 꽃밭을 만들었을꼬. 놀랄 만하지 않은가. 전쟁 통에 할머니는 채송화 씨를 거두고 아빠는 그걸 심었단 말이다. 게다가 그걸 박남수는 시로 남기고 권길상은 노래로 만들었단 말이다. 혹여나 아빠와 할머니가 키웠던 채송화가 '나' 아니었을까, 채송화 꽃씨는 내 자식이 아닐까. 그 덕에 지금 우리가 꽃밭에서 시와 노래를 즐기며 살고 있는 게 아니겠는가.

## 삶과 죽음의 경계에서, 나는 0157584다

이런 노래가 전쟁의 뒷전에서 시인과 가객들이 벌이는 한가하고 낭만적인 자기위안에 불과하다고 여겨진다면, 시인 전봉건을 만나 보라. 그는 해방 이듬해 청천강에서 배를 타고 황해에 숨어 내려 인천

항으로 월남했고, 전쟁 중 군에 징집되어 전선에 투입되었다가 중공군 총공격 때 부상을 입기까지 했다. 종군 시인이 아니라 참전 시인인 셈. 그는 전쟁의 현장을 생중계하듯 시를 썼다.

100야드 나는 포복하였다.
90야드.
나는 사정을
80야드로
압축시켰다.
65야드.
나는 60야드로
압축시켰다.
나는 저격병의 정조준 위에 놓였다.
나는 마지막 수류탄을
던졌다.
(중략)
비둘기의 똥냄새 나는 중동부 전선.
나는 유효사거리권내에 있다.
나는 0157584다.

― 전봉건, 〈0157584〉 중에서

중동부 전선. 내가 살려면 적을 죽여야 하고, 적 또한 사정은 매일 반이다. 내가 살려면 적의 유효사거리를 벗어나야 하고, 적을 죽이려면 유효사거리 내로 들어가야 한다. 목숨을 건 긴장 속에서 벌이는 한판의 게임, 그것이 바로 전투다. 이 게임에서 그는 군번 '0157584' 같은 한갓 기호나 도구로 존재할 뿐이다. 마치 컴퓨터 게임처럼 캐릭터 '0157584'가 죽으면 다른 캐릭터 '0157585'로 대체하면 그뿐인 것이다.

하지만 우리에겐 여분의 다른 캐릭터도 없고, 게임에서처럼 죽은 목숨이 다시 살아나지도 않는다. 진짜 살아 있는 이 소중한 목숨들이 누구를, 무엇을 위한 싸움이기에 이토록 쉽게 소멸되어야 한단 말인가. 그럼에도 이 전장터의 시인은 센티멘털리즘보다 오히려 지적인 긴장과 유희, 위트와 아이러니로 허무를 드러낼 뿐이었다.

5시나는호속에있다수통수류탄철모붕대압박붕대대검그리고M1나는 내가호속에서틀림없이만족하고있다는사실을다시한번생각해보려고 한다 BISCUITS를씹는다오늘은이상하게5시30분에또피리소리다9시 방향13시방향나는 BISCUITS를다먹어버린다6시밝아지는적능선으로 JET기가쉽게급강한다나는잠자지않은것과 BISCUITS를남겨두지않은 것을후회한다6시20분대대OP에서연락병이왔다포킷속에뜯지않은 BISCUITS봉지가들어있다6시23분해가떠오른다나는야전삽으로호가 장자리에흙을더쌓아올린다나는한뼘만큼더깊이호밑으로가라앉는다 야전삽에가득히담겨지는흙은뜯지않은 BISCUITS봉지같다

— 진봉건, 〈BISCUITS〉

참호 속의 휴식 시간, 하지만 의식에는 쉼이 없다. 그걸 나타내려는 듯 시인은 띄어쓰기를 하지 않았다. 수통, 수류탄, 철모, 압박 붕대, 그리고 M1 소총으로 무장한 채, 참호 속의 안전과 휴식에 '나'는 만족하고 있다. 아니, 만족하고 있다고 생각하려 한다. 그러나 멎을 만하면 또 중공군의 피리 소리가 들려오고 제트기가 날아다닌다. 그러는 사이, 비스킷을 다 먹어 버리고, 다 먹은 걸 후회하고, 그러다 또 새 비스킷이 오고, 인생은 종잇장처럼 가볍다. 그래도 죽지 않으려고 참호를 더 높이 보수해 보지만, 참호 모습이 마치 뜯지 않은 비스킷 봉지 같다는 건 언젠간 뜯겨 다 먹힐 운명이라는 암시다. 생존과 죽음의 경계에서 전봉건은 이처럼 허무와 마주하고 있었던 것이다.


## 전쟁과 음악, 그리고 꽃과 시

허무를 이기지 못한 것은 오히려 그의 형 전봉래였다. 전봉건이 제대하기 전, 형 봉래는 1·4후퇴 때 이미 부산으로 내려가 지내고 있었다. 그는 일본 도쿄의 아테네프랑세에서 불문학을 공부한 시인으로, 동생 봉건을 시의 길로 이끈 감수성 예민한 위인이었다. 그런 그가 전쟁 통에 피란지 부산에서 갑자기 생을 마친다. 음독자살이었다.

나는 페노바르비탈을 먹었다. 30초가 되었다. 아무렇지도 않다. 2분 3분이 지났다. 아무렇지도 않은 것 같다. 10분이 지났다. 눈시울이 무거워진다. 찬란한 이 세기 이 세상을 떠나고 싶지는 않았소. 그러나 다만 정확하고 청백히 살기 위하여 미소로써 죽음을 맞으리라. 바흐의 음악이 흐르고 있소. 그리운 사람들에게 2월 16일.

피란민으로 들끓던 부산, 예술인들은 하릴없이 다방에 모여 할 일 없이 하루하루를 보냈다. 문인들이 자주 드나들던 남포동 구둣방 골목길의 '스타다방'. 그 한구석에 눌러앉아 전봉래는 치사량의 신경안정제를 삼킨 채 바흐의 음악을 들으면서 죽음의 순간과 과정을 저렇게 유서처럼 남기고 갔다. 자살의 이유는 간명했다. 찬란한 20세기를, "다만 정확하고 청백하게 살기" 위한 선택이었다는 것. 비틀거리며 그는 다방을 나섰다. 다음 날 광복동 국제시장 뒤안길에서 그의 시신이 발견되었다.

형 봉래의 소식을 동생 봉건은 알지 못했다. 살아서 만나지 못한 형의 그림자를 뒤늦게 봉건이 좇는다.

그 뒤 나는 군에 입대, 부상을 하고 통영서 제대를 하자 곧바로 부산으로 향했다. 행방을 알 수 없는 가족들을 수소문하기 위해서였다. 그런데 내가 부산에서 들은 첫 소식은 불란서문학을 전공하던 형님(전봉래)의 자살이었다. 장소는 남포동의 지하 다방 스타였다. 형님이 치사량의 페노바르비탈을 먹고 '바흐'를 들으면서 눈을 감았다는 바로 그 자리에 잠시 앉았다가 돌아나가는데 카운터에 쌓인 몇 권의 레코드북이 눈에 띄었다. 맨 윗것을 들쳐 보니 '바흐'의 BURANDENBURG였다. 카운터의 아가씨는 레코드의 주인이 단골손님이라고 일러 주었다. 알고 보니 그 단골은 김종삼이었다. 형님은 벗이 아끼는 판(바흐)을 틀어 놓고서 저승으로 간 것이었다.

– 전봉건, '피난살이 시름 잊게 한 김종삼'(《동아일보》, 1984. 3. 21.) 중에서

바흐 덕에 절망 속에서도 살고, 바흐 덕에 이 세상을 저버리고 눈감을 수도 있다니, 대관절 이 형제에게 음악이란 무엇이었던가. 전쟁 이전, 서울에는 명동의 '오아시스'·'돌체', 서대문의 '자연장'이 유명한 클래식홀로 자리를 잡고 있었다. 전봉래·전봉건 형제가 '자연장'의 단골손님이라면, '돌체'는 김종삼 시인의 단골집이었다.

전쟁이라고 달라질 게 없었다. 전봉건이 찾아간 곳은 대구의 음악다방 '르네상스'. 1951년 가을, 호남 갑부의 아들로 알려진 박용찬이 피란길에 레코드만 두 대의 트럭에 싣고 내려가 대구 향촌동에서 문을 열었던 곳, 1987년 문을 닫기까지 서울 무교동, 정확하게 말하자면 종로 1가 옛 신신백화점에서 광화문 사거리 쪽 가는 길의 영안빌딩 4층에 자리했던 서울의 명물 '르네상스'의 전신이 바로 그곳이다. 거기서 전봉건은 담배 한 갑과 세 끼 식사를 일급으로 삼아 디제이를 하면서 밤에는 홀의 의자를 붙여 놓고 그 위에서 잠을 청했다.

그 정도였으니, 1957년 전봉건, 김종삼, 김광림 3인이 펴낸 시집이 아니나 다를까 《전쟁과 음악과 희망과》였다. 전쟁터에서도 음악은

흐르고, 음악이 있는 한 희망이 있고, 그리하여 시를 쓴다. 하지만 이번에도 그의 시에서 감상은 허용되지 않는다. 슬픔의 과장만이 아니라 희망을 과장하는 것 역시 피해야 할 감상이다. 그가 가장 경계하는 것은 거짓이다. 가장된 희망보다 정직한 절망을 그는 추구했다. 그러기에 한참 세월이 흐른 뒤에도 그는 이렇게 썼다.

> 전쟁의 마당에도 꽃은 핀다. 그런데 어떤 시인은 말하기를, 그 꽃 색깔은 불에 탄 살 색깔이나 땅을 적신 핏빛이라고 한다. 나는 그러한 입장과 많이 다르다. 전쟁의 마당에 피는 꽃의 색깔도 내게는 그것들이 생래로 지닌 분홍빛이거나 노랑빛이거나 흰빛이거나 그러하다. 내 경우는 그렇게 말하는 것이 정직함이요, 그것이 진정한 시인 것이다.
> 
> — 전봉건, 〈서문〉, 《새들에게》 중에서

그는 꽃을 노래했다. 핏빛 꽃이 아니라 분홍빛, 노란빛, 흰빛 꽃을 노래했다. 그 꽃은 머릿속 관념이 아니라 그의 눈으로 직접 본 사실이었다. 그는 이념으로 현실을 채색하지 않았다. 정직했다. 그가 겪었던 전쟁의 마당에도 꽃은 피었다. 그것도 분홍색, 노란색, 흰색 꽃이 피었다. 그런가 하면 또 다른 시 〈장미의 의미〉에서는 이렇게 썼다. "무수한 자국 / 무수한 군화 자국을 헤치며 흙은 / 녹색을 새 수목과 꽃과 새들의 녹색을 키우고 / 그 가장자리엔 흰 구름이 비꼈다"라고. 무수한 군화 자국에도 녹색은 녹색을 키우고 있었다고, 참전 시인 전봉건은 우리에게 증언하고 있는 것이다.

# 시는 바람만이 알고 있는
# 변방의 언어다

이리하여 우리는 다시 전쟁 속 시와 음악을 거쳐 꽃으로 되돌아왔다. 그래, 전쟁 통에도 꽃은 피었고, 사람들은 꽃을 키웠다. 채송화 꽃밭은 환상이나 낭만이 아닌 실재 세계였던 것이다. 하지만 현실이든 상상이든 그게 무슨 대수랴. 중요한 것은 군화 자국 옆에 꽃들을 피우고, 총자루에 꽃을 매며, 총구에 꽃을 꽂는 일 아니겠는가.

현실의 장면 하나, 거장 마크 리부Marc Riboud의 사진 〈꽃을 든 여인〉을 찾아보라. 1967년 10월 21일, 미국의 수도 워싱턴. 펜타곤 앞에서 베트남전 반대 시위가 열렸다. 착검까지 되어 있는 군인들의 총 앞으로 꽃문양 옷차림의, 중간 이름까지 장미꽃rose인 잔 로즈 캐즈미어Jan Rose Kasmir라는 17세 여고생이 꽃 한 송이를 들고 다가선다. 총을 든 군인보다 꽃을 든 여인이 더 강하다. 당당하기 때문이다.

상상의 장면 하나, 카투니스트 지현곤의 그림. 척추 결핵을 앓아 하반신 마비 중증 장애로 초등학교 1학년 이후 40년간 바깥 외출도 못 한 채 쪽방에 누워 지내면서 왼손 하나만으로, 아니 피와 땀으로 한 점 한 점 찍어낸 그림. 아름다운 작가의 눈물겨운 그림. 보기만 해도 마음이 열리고 미소가 번져 나오는 그림이다. 평시보다 더 평화로운 전장의 폐허, 심장보다 더 붉은 저 빛나는 꽃 한 송이. 그 꽃을 든 저 꼬마는 의심도 두려움도 없다. 순수하기 때문이다.

총은 꽃을 이기지 못한다. 총이 이기면 사람이 죽는다. 더 큰 총은

평시보다 더 평화로운 전장의 폐허에서,
심장보다 더 붉은 꽃 한 송이를 든 저 꼬마
는 의심도 두려움도 없다. 카투니스트 지
현곤의 책 《JI HYUN GON》(2008)

더 많은 사람을 죽인다. 그래서 거친 남성, 어른의 폭력, 주류의 횡포에 맞서는 것은 늘 여성, 아이, 장애다. 아픈 자만이 아픔을 안다. 작은 것이 큰 것을 고치고, 부드러운 것이 강한 것을 이긴다. 그러므로 꽃이 총을 이긴다. 그리고 그런 꽃을 시는 닮고자 한다. 시는 지배 언어의 자기도취를 일깨우는 변방의 언어이기 때문이다.

하지만 아직도 쿠르디와 브랑동에게 꽃이 우리를 지켜 주리라 차마 확언하지는 못하겠다. 다만 쿠르디와 브랑동 너희들이 우리의 꽃이요, 우리의 시와 노래라고는 확실히 말할 수 있다. 야만의 시대는 아직도 끝나지 않았으니, 꽃과 시와 노래 없이 우리가 어떻게 견딜 수 있단 말인가. 이제는 당당히 노벨상 수상 시인의 반열에 오른 가수 밥 딜런Bob Dylan, 그의 노래를 들으며 다시 또 견뎌 볼밖에.

How many roads must a man walk down
얼마나 많은 길을 걸어가야

Before you call him a man
사람이 사람답다는 말을 들을까요

How many seas must a white dove sail
얼마나 많은 바다를 건너다녀야

Before she sleeps in the sand
흰 비둘기는 백사장에서 잠들 수 있을까요

How many times must the cannon balls fly
얼마나 많이 날아다녀야

Before they're forever banned

포탄을 영원히 멈추게 할 수 있을까요

The answer, my friend

친구여, 그 대답은

Is blowing in the wind

바람 속에 있어요

The answer is blowing in the wind

바람 속에 흩날리고 있답니다

- 밥 딜런, 〈Blowin' In The Wind〉

# 3. 그대를 듣는다

목소리가 사람이다

인생은 이야기가 아니라

이야기와 이야기 사이의 공백에 있다는 게

무슨 말일까.

왜 목소리와 목소리 사이의 공백을 지우면

외로워진다는 걸까.

# 담고 싶은 목소리
## 나의 기타 이야기

송창식, 그는 내게 시인이었다. 그의 노래들은 웬만한 시보다 좋았다. 그중에서도 셋을 고르라는 잔인한 요구를 받는다면, 때에 따라나머지 둘은 바뀔지언정, 〈나의 기타 이야기〉를 꼽는 데에 주저하지않을 것이다. 그 여러 음원 중에서도 1978년 발표한 그의 정규 앨범〈사랑이야/토함산〉에 수록된 버전이 내 귀에는 최고다. 편곡의 차이도 있지만, 그냥 그 판이 처음 듣고 가장 많이 들은 것이어서 그럴지모른다. 추억은 대개 그런 거니까. 변치 않는 아우라, 그것이 편하고그리우니까. 여전히 나는 송창식의 이때 목소리가 제일 좋고, 이때의노랫말이 제일 좋다.

옛날 옛날 내가 살던 작은 동네엔 / 늘 푸른 동산이 하나 있었지 /

거기엔 오동나무 한 그루하고 / 같이 놀던 소녀 하나 있었지 / 널따란 오동잎이 떨어지면 / 손바닥 재어 보며 함께 웃다가 / 내 이름 그 애 이름 서로서로 / 온통 나무에 이름 새겨 넣었지

— 송창식 작사·작곡, 〈나의 기타 이야기〉

우리 동네에도 뒷동산이 있었으니 오동나무 비슷한 것쯤 많았겠지만, 저런 소녀는 소설이나 영화 속에서나 만날 수 있을 뿐이었다. 황순원의 〈소나기〉나 영화 〈클래식〉처럼 비와 흙과 풀과 꽃내음이 뒤섞인 풋사랑을 하기에는 내가 태어난 서울이 척박한 탓이었다. 자연은 사랑하기에도 풍요롭다. 널린 게 나무다. 어느 나무에 사랑을 고백한들 누구 눈에 뜨이랴. 우리 둘만의 나무, 보란 듯이 온통 새겨 넣어도 안전하고 은밀하고 아늑한 우리만의 로템나무. 행여 내게 그런 소녀가 있었던들 고작해야 공책에 이름을 써 넣었겠지. 아니, 혹시라도 들킬세라 암호 하나쯤 만들어 써넣었겠지.

하지만 〈소나기〉의 소년이든, 〈클래식〉의 조승우든, 그들 또한 이름을 새기는 것만으로는 만족할 리 없다. 실명이든 암호든 이름은 어차피 기호일 뿐이다. 이름 혹은 이름을 기록하는 문자는 대상의 이미지를 간접적으로 환기하는 데 그친다. 그래서 송창식은 다시 이렇게 노래한다.

하늘이 유난히도 맑던 어느 날 / 늘처럼 그녀의 얼굴 바라보다가 / 그녀 이름 새겨 넣은 오동나무에 / 그녀 모습 담아 보고 싶어졌지 /

황순원의 소설 〈소나기〉나 영화 〈클래식〉에 나
오는 소녀는 그야말로 첫사랑의 전형이다. 비
와 흙과 풀과 꽃내음이 뒤섞인 풋사랑. 꼭 담아
두고 간직하고 싶은 첫사랑.

말할 때는 동그란 그녀 입하고 / 가늘고 길다란 목도 만들고 / 아 잘
쑥한 허리를 똑같이 만들었을 땐 / 정말 정말 너무 너무 기뻤지

그렇다. 그녀의 모습을, 그 구체적인 육체의 상像을 실감 나게 나무
에 담아 영원히 남기고 싶어진 거다. 연인을 찍은 사진을 지갑이나
핸드폰에 담아 두고픈 우리네와 다를 바 없어 뵈지만, 이 노래 속 화
자가 부러운 것은 표현의 매체가 우리랑 차원이 다르다는 데 있다.
사진이나 그림 같은 2차원 평면이 아니라 3차원의 입체 조각으로
표현하겠다는 것 아닌가. 이런 표현의 욕망은 희열을 동반하게 마련
이다.

내가 이 버전의 노랫말을 좋아하는 이유가 이와 연관된다. 아주
미세한 차이처럼 보이지만, 다른 앨범에서는 이 부분이 "말할 때는
동그란 입도 만들고 / 가늘고 길다란 목도 만들고 / 잘쑥한 허리 허
리를 만들었을 땐"으로 되어 있다. 나는 이런 식의 '만들고' '만들고'
'만들고'의 반복으로 일관한 제작 공정식 표현보다는, "말할 때는 동
그란 그녀 입하고 / 가늘고 길다란 목도 만들고 / 아 잘쑥한 허리를
똑같이 만들었을 땐"처럼 애정과 열정이 엿보이는 표현이 더 마음에
든다. 특히 "똑같이"를 발음할 때의 송창식 목소리에 귀 기울여 들어
보라. 조각을 마친 예술가의 만족한 기쁨이 여실히 전해지지 않는가.

그러나 그 기쁨도 잠시, 욕망은 게서 멈추질 않는다. 그녀의 모습
을 똑같이 만들었는데도 어딘가 부족하다. 채워지지 않는 그 무엇,
그게 뭘까.

사랑스런 그 모습은 만들었는데 / 다정한 그 목소리는 어이 담을까 / 바람 한 줌 잡아 불어 넣을까 / 냇물 소리를 떠다 넣을까 / 내 가슴 온통 채워 버린 목소리 때문에 / 몇 무릎 몇 손이나 모아졌던가 / 이루어지지 않는 안타까움에 / 몇 밤이나 울다가 잠들었던가

그녀와 똑같이 만든, 그 사랑스런 조각상도 빈껍데기에 지나지 않는다. 이름이나 문자보다는 구체적인 형상이건만 그 또한 실체의 모사, 한갓 이미지에 불과하다. 김동인의 〈광화사狂畵師〉에서처럼 말 그대로 화룡점정畵龍點睛이 필요한 순간, 노래 속 화자는 이 입체에 음성까지 담기를 욕망하게 된다. 목소리란 영혼과 내면 같은 것. 육체가 고정된 공간이라면 목소리는 흘러가는 시간을 닮았다. 그러기에 바람 같고 냇물같이 흐르는 그것을 도무지 공간 안에 가두어 담을 재간이 없어 그는 절망한다. 급기야 그녀의 목소리에 대한 그의 집착은 거의 병적인 수준에 이른다. 가슴을 온통 채워 버린 그 목소리 때문에 무릎을 꿇고 수없이 많은 기도를 해 보아도 그 간절한 꿈은 안타깝지만 이루어지지 않았던 것. 불면의 나날이 이어진다. 그러다 깬다. 그리고 문득 깨닫는다.

어느 날 그녀 목소리에 깨어나 보니 / 내가 만든 오동나무 소녀 가슴엔 / 반짝이는 은하수가 흐르고 있었지 / 하나둘 여섯 줄기나 흐르고 있었지 / 오동나무 소녀에 마음 뺏기어 / 가엾은 나의 소녀는 잊혀진 동안 / 그녀는 늘 푸른 동산을 떠나 / 하늘의 은하수가 되었던 거야

사랑은 어느 정도의 절망과 안타까움이 있어야 사랑다운 법. 그래서 사랑의 이상理想이 빛나는 법. 하지만 집착은 광기를 낳고, 광기는 도착倒着을 가져온다. 오동나무 소녀, 그 이상적 이미지의 그녀에 마음 뺏긴 사이, 그만 가없은 나의 소녀, 실체적 진실로서의 그녀가 정작 사라져 버린 것이다. 있는 그대로의 그녀를 사랑한 것이 아니라 자기 마음대로 규정해 버린 그녀를 사랑한 것, 어쩌면 현실이 아니라 이상을, 사람이 아니라 사랑 그 자체를 사랑한 격. 그래서 놓쳐 버린 사랑. 그리하여 늘 푸른 동산을 떠나 하늘의 은하수가 되어 버린 그 소녀, 다시 들을 수 없는 그녀의 목소리, 다시는 돌아오지 않을 아름답고 철모르던 지난날의 슬픈 이야기.

이 사랑 노래는 이제껏 암시해 온 것처럼, 기묘하게도 예술가의 창작론을 닮았다. '소녀'란 예술적 이상으로서의 '뮤즈'와도 같았던 것. 특별히 그 소녀의 '목소리'란 예술의 고갱이와도 같았던 것. 그걸 담아내고자 하는 창작의 욕망과 고통이 바로 이런 것이 아니던가. 무릇 욕망의 과잉은 예술적 성취에 오히려 해가 되는 법, 그러기에 대체로 아마추어가 전문 작가보다 더 감정이 풍부하고 진실하고 의욕적인 편이지만, 예술적 결과는 그에 비례하지 않는 것. 하지만 철없고 순수했던 그 시절, 열정으로만 가득 차고 미숙했던 그 시절이 그래서 아름답고 그리운 것 아니겠는가.

딩동댕 울리는 나의 기타는 / 나의 지난날의 사랑 이야기 / 아름답고 철모르던 지난날의 슬픈 이야기 / 딩동댕 딩동댕 울린다무한 반복될 것만 같은 후렴구. 뮤즈를 따랐던 요정들의 수금과 비파처럼, 가인歌人 송창식은 이제 기타로 목 놓아 딩동댕 딩동댕 노래하는 것이 아닐까. 아름답고 철모르던 시절의 사랑과 욕망, 비애와 절망의 이야기와 그토록 간절히 담고자 했던 목소리를 시인詩人 송창식은 딩동댕 딩동댕 가슴 시린 운율로 전하고 있는 게 아닐까.


## 닮고 싶은 목소리, 마이 페어 레이디

〈나의 기타 이야기〉는 그리스 신화에 나오는 피그말리온Pygmalion 이야기를 연상하게 한다. 미의 여신 아프로디테가 태어난 키프로스 섬의 조각가 피그말리온. 신의 저주로 인해 음탕한 삶을 사는 마을 여인들을 혐오하여 독신으로 살아간다. 하지만 그것은 여성 혐오증이라기보다는 결벽증이나 완벽주의 혹은 심미주의에 따른 결과로 보아야 옳을 것이다.

그러니 완벽한 미의 여인상을 직접 조각하려 하지 않았겠는가. 마침내 이상적인 여인상을 빚어낸 후, 기쁨에 넘친 그는 급기야 그 조각상과 사랑에 빠진다. 말도 걸고, 선물도 바치고, 옷도 입혀 보고, 목걸이와 반지로 장식도 하고, 서 있는 게 힘들까 봐 베개까지 고이며 눕혀도 주고, 아무리 그런들 허사였다. 완벽한 그녀에게도 뭔가가 부족했다. 애가 탔다. 절망했다. 그에게도 불면의 날이 이어졌고, 그리고 간절히 소원했다. 다행히도 이 독신남에게는 기도를 들어줄 신이 있었다. 아프로디테가 조각상에 온기를 불어넣자 그녀는 갈라테이아Galatea라는 실재의 여인으로 거듭나게 된 것이다. 마무리만 다르지 그 온기가 곧 목소리요, 그녀가 곧 오동나무 소녀 아니겠는가.

이 이야기를 모티브로 삼아 조지 버나드 쇼George Bernard Shaw는 희곡 〈피그말리온〉을 만들었고, 이는 1956년 뮤지컬로 각색되어 브로드웨이에서 흥행에 성공하는 한편, 이듬해 토니상 6개 부문을 수상할 정도로 평단으로부터 호평도 받게 된다. 마침내 이 뮤지컬은 1964년 영화화되기에 이르렀는데, 그 작품이 바로 아카데미 작품상에 빛나는 오드리 헵번Audrey Hepburn 주연의 명화 〈마이 페어 레이디My Fair Lady〉다.

비 오는 런던 거리에서 꽃을 파는 여인 엘리자(오드리 헵번 분)를 두고 언어학자 히긴스(렉스 해리슨 분)와 피커링 대령(윌프레드 하이드 화이트 분)은 과연 그녀를 6개월 만에 우아하고 세련된 귀족 부인으로 만들 수 있을지를 놓고 내기를 건다. 독신주의자 히긴스는 남루하기 짝이 없는 집시풍의 그녀를 맞아들여 머리부터 발끝까지 개조에 나선다. 신데렐라처럼 때깔과 허물이 벗겨지자 빛나도록 아름답게 등장하는 그녀의 모습. 당연하다. 오드리 헵번이 아닌가.

하지만 이번에도 문제는 목소리였다. 엘리자는 구제 불능에 가까운 코크니 사투리의 소유자. 말만 듣고도 상대의 출신 지역과 신분까지 알아맞히는 능력자로서,《히긴스의 보편적인 알파벳Higgin's Universal Alphabet》이라는 책의 저자인 그로서도 그녀의 발음을 고치기란 악전고투, 속수무책의 연속이었다. 이 영화를 〈주말의 명화〉인지 〈명화극장〉인지 아무튼 아주 어릴 적에 텔레비전에서 보았지만, 그녀의 발음을 교정하는 장면은 지금껏 내 기억에 선명하다. 당시에 외화는 늘 우리말로 더빙해서 방영을 했는데, 엘리자가 발음을 교정한답시고 "스페인 평원에는 비가 주룩주룩 내린다"라는 문장을 몇 번이고 되풀이하는 것이었다. 나중에서야 알았다. 그 원 문장이 바로 "The rain in Spain stays mainly in the plain."이었다는 것을. 차라리 "간장 공장 공장장"이나 "내가 그린 기린 그림"으로 번안했어야 할 일이었다는 것을.

하지만 버나드 쇼가 보여 주고자 했던 것이 단순한 로맨틱 코미디는 아니었다. 점진적 사회주의자였던 버나드 쇼는 이 작품을 통해 허영심 많은 상류층을 속이는 쾌감과 더불어, 신분이나 계급의 차이는 결국 환경에 의해 결정되는 것이어서 교육으로 극복할 수 있다는 낙관을 보여 주고자 했다. 그러나 그 결말을 해피엔딩으로 할 수는 없었다. 히긴스가 엘리자와 사랑에 빠지게 하는 결말은 현실의 추악함을 이상으로 가리는 자기기만에 불과하기 때문이었다. 그래서 그의 희곡 〈피그말리온〉은 뮤지컬, 영화와는 결말이 다르다.

그렇다면 과연, 그녀가 닮고자 했던 공작부인의 목소리를 갖게 되었으니 영화 속 엘리자는 행복해졌을까. 교양의 표본이자 표상과 같은 목소리를 소유하게 됨으로써 그녀는 드디어 상류층 교양인의 삶과 지위를 누릴 수 있게 되었다. 하지만 교양이란 어떤 면에서는 개성과 본능의 억압일 수도 있는 것. 그래서 가끔은 위선적으로도 보이는 것. 원래 목소리란 지문과도 같은 자신만의 개성과 정체성의 표상이 아니던가. 그리하여 엘리자는 고귀한 신분과 명성을 얻는 대신 자신의 고유한 목소리를 잃어버린 셈이 아니겠는가.

## 잃어버린 목소리, 인어 공주

그런 점에서 〈마이 페어 레이디〉의 또 다른 원조는 안데르센Hans Christian Andersen의 동화 《인어 공주 The Little Mermaid》(1837)라고 생각한다. 개인적으로 이 동화는 내게 허무를 가르쳐 준 최초의 작품이었다. 그때 내가 읽었던, 아니 지금 나오는 대부분의 안데르센 동화도 인어 공주가 물의 정령에서 공기의 정령이 되면서 불멸의 영혼을 얻는 것으로 끝나지 않는다. 원작과 달리 인어 공주는 바다에 몸을 던져 한낱 물거품이 되어 사라져 버리고 마는 것이다. 결말을 다 읽고 나서도 어린 나는 몇 번이고 동화책의 겉장을 자꾸만 뒤적였다. 마지막 장이 찢어진 건 아닐까. 파본은 아닐까. 이럴 리 없다. 이렇게 끝나서는 안 된다. 고요와 적막 속에서 어린 나는 소리 죽여 울었다.

자라면서 몇 차례 다시 읽어 봐도 단순히 순수한 사랑을 그린 감동적 동화로만 보이지가 않았다. 여전히 억울함과 애통함을 참을 길이 없다. 나는 왜 분개하는 것인가. 믿거나 말거나, 동의하든 아니하든, 이 작품은 뜻밖에 사회성이 강한 동화라고 나는 생각한다. 인어 공주는 신분 상승에 실패한, 유린당한 엘리자였다. 엘리자와 달리 자발적으로 택해 시작한 길이었지만 그 선택이란 것이 스스로 허위의식에 사로잡힌 탓이었으니 결말 또한 엘리자와 다를 수밖에 없었을 따름이다.

《인어 공주》역시 신분 상승의 이야기 구조를 지니고 있다. 원래 공주였다고? 천만에. 공주는 공주인데 깊은 바닷속, 물 밑의 공주일 뿐이다. 웬만한 집안의 딸로 태어나 어릴 적 공주 취급받아 보지 못한 이가 얼마나 될까. 인어 공주는 물 밑, 곧 하류층 딸부잣집의 막내로 태어났다. 어머니를 여의었지만 아마도 그 집은 아빠는 왕, 딸들은 공주로 부르며 화목하게 살았을 것이다. 그리고 그 안에서 인어 공주는 정말로 행복했을 것이다. 열다섯, 사춘기가 오기 전까지는. 그만 세상 밖, 물 위의 세상을 보기 전까지는.

바람부는 날이면, 압구정동에 가야 한다 사과 맛 버찌 맛
온갖 야리꾸리한 맛, 무쓰 스프레이 웰라폼 향기 흩날리는 거리
웬디스의 소녀들, 부띠끄의 여인들, 카페 상류사회의 문을 나서는
구찌 핸드빽을 든 다찌°들 오예, 바람불면 전면적으로 드러나는
저 흐벅진 허벅지들이어 시들지 않는 번뇌의 꽃들이어
(중략)
마음속에 영원히 썩어 문드러지지 않을 것 같은 다리 하나 있다
바로 이 순간, 촌철살인적으로 다가오는 종아리 하나 있다 압구정동
배나무숲을 노루처럼 질주하던 원두막지기의 딸, 중학교 운동회 때
트로피를 휩쓸던 그 애, 오천 원짜리 과외공부 시간 책상 밑으로
내 다리를 쿡쿡 찌르던,
오천 원이 없어 결국 한 달 만에 쫓겨난 그 애, 배나무들을 뿌리째

갈아엎던 불도저를 괴물 아가리라 부르던 뚱그런 눈망울
한강 다리 아래 궁글던 물새알과 웃음의 보조개 내게 던지고 키들키들
지금의 현대백화점 쪽으로 종다리처럼 사라지던, 그 후로
영영 붙잡지 못했던 단발머리 소녀의 뒷모습
그 눈부시던 구릿빛 종아리

'다찌: 일본인들을 상대로 하는 여성

– 유하, 〈바람부는 날이면 압구정동에 가야 한다 6〉

아마도 바람 부는 날이었을 것이다. 그래, 인어 공주 그녀는 압구
정동에 갔을 것이다. 바다 위 선상에서 파티를 즐기던 왕자님처럼,
압구정 클럽 파티를 즐기는 상류 사회의 왕자님을 보았을 것이다.
인어 공주는 왕자를 보고 첫눈에 반해 집으로 돌아갈 생각도 잊었
고, 왕자를 구해 준 뒤 집에 와서는 그를 그리워한 나머지 혹시나 만
날 수 있지 않을까 하는 기대감으로 날마다 물 밖 출입을 수시로 했
을 것이다. 그러면 그럴수록 불행해졌을 것이다. 가짜 공주였다는 사
실에 절망스러웠을 것이다.

집을 나가야 한다. 이 물 밑의 거짓 왕궁, 가족이라는 저 거짓 왕족
에게서 벗어나야 한다. 하지만 이대로는 안 된다. 이 '구릿빛 종아리'
로는 저 '웬디스의 소녀들', '부띠끄의 여인들'의 저 '흐벅진 허벅지'
틈에 끼어들 수가 없다. 쫓겨난 '원두막지기의 딸'처럼 되기는 싫다.
이제 그녀에게 필요한 것은, 중략 부분에 가려졌지만, '심혜진 최진

실 강수지 같은 황홀한 종아리'뿐이다.

그래서 그녀는 무려 지느러미를 갈라 다리를 얻는 초특급 성형 수술을 감행하기로 한다. 걸을 때마다 칼에 베이는 듯한 아픔을 느껴야 한다지만, 간단한 '쌍수'도 풀리곤 한다는데 그 정도 부작용이야 감수할 만하다고 그녀는 생각했을 것이다. 질량 불변의 법칙이 나올 대목도 아닐 텐데 항상 뭔가를 얻으려면 뭔가를 잃어야 하는 거라며 마녀는 그녀에게 목소리를 수술 대가로 지불할 것을 요구한다. 다리냐, 목소리냐. 보이는 것이냐, 들리는 것이냐. 외면이냐, 내면이냐. 심각할 것 같지만 막상 고민할 게 없다. 일단 이 지느러미로는 인간 세계에 입성 자체가 불가능하지 않느냐. 구릿빛 종아리 아가씨가 압구정동에서 쫓겨나야 했던 것처럼 말이다.

성공리에 수술을 마친 인어 공주는 왕자를 만나는 데에도 성공한다. 일사천리로 일이 잘 풀리는 듯하다. 행복하다. 이제 그의 사랑만 얻으면 된다. 마침 왕자는 자기를 구해 준 여인을 구원의 여인처럼 그리워한다. 다행이다. 그런데 웬걸, 그게 나라고 말을 할 수가 없다. 상류 사회로 진입하는 자격과 무관한 목소리 따위야 별거 아닌 줄 알았는데 그것이 결정적일 줄 어찌 알았겠는가.

하지만 인생이 원래 아이러니투성이 아닌가. 하긴 인어 공주가 목소리를 잃지 않았어도 결과는 달라지지 않았을지 모른다. 하층민인 그녀 입에서 어떤 목소리가 튀어나왔을까. 히긴스 교수한테 배우지 못한 이상, 길거리의 엘리자처럼 온갖 사투리와 교양 없는 말들을 왕자님에게 지껄여 대지 않았을까. 어쩌면 그녀는 마녀에게 목소리를 빼앗긴 게 아니라 그녀 스스로 입을 다물고 있었던 것인지도 모른다. 말하는 순간, 정체가 폭로될 것이다. 그녀의 출신 성분과 지역을 말이다.

그래도 아직 기회는 있다. 왕자님은 그녀를 아끼고 귀여워한다. 자신의 뺨을 어루만질 정도로. 이웃 나라 공주와의 약혼설이 떠돌고 있지만 그녀는 확실히 알고 있다. 그 공주는 왕자를 구한 사람이 아니란 것을. 그녀에게 없는 목소리가 공주에게 있다 해도, 설마 외모는 그녀만큼 대단치 않을 거라고 그녀는 믿어 본다. 얼굴도 얼굴이지만 다리는 또 어떻게 만든 다리던가.

그런데 이럴 수가 있나. 공주는 너무나 아름다웠다. 게다가 아름다운 목소리로 교양과 품위 넘치는 언어도 구사할 줄 안다. 넘사벽 금수저 엄친딸이 이 동네에는 수두룩한 모양이다. 이쯤 되면 완패를 인정할 수밖에 없다. 한 방에 역전할 기회는 있다. 내가 당신을 구한 바로 그 여인이라고 말만 하면 된다. 하지만 한번 잘린 혀, 빼앗긴 목소리는 되찾을 길이 없다. 잃은 게 어디 그뿐인가. 왕자님은커녕 이젠 돌아갈 고향조차 없다. 지느러미도 없는 이 다리로 어찌 고향에서 살아갈 수 있겠는가. 아니, 이런 꼴로 정말이지 다시는 돌아가고 싶지도 않다. 다 잃었다. 목숨마저 잃을 판이다. 이때 그녀를 사랑하는 마음 착한 언니들이 나섰다. 칼을 주며 이것으로 왕자를 찌르라고, 그래야 네가 산다고. 어쩌면 그것은 그녀를 유린한 데 대한 일종의 복수거나 정당방위일지 모른다. 그러나 그럴 수는 없다. 사람이, 사랑이 그래서는 안 되는 거다. 착한 인어 공주는 물거품이 되는 길을 택한다.

비록 허황된 꿈에서 비롯한 일이기에 그녀 자신의 탓이 없다 할 수 없지만, 어찌 억울하고 애통하지 않을 수 있겠는가. 이것이 내가 《인어 공주》를 읽을 때마다 갖게 된 분개의 이유다. 착하게 산 대가로 불멸의 영혼을 얻게 되었노라 위무해 보려 해도, 목소리를 잃은 대가는 너무 혹독하지 않았는가. 이것이 다 목소리 때문인가, 자기 목소리를 내지 못하게 한 환경 때문인가.

〈마이 페어 레이디〉의 영화화를 앞두고 주연으로 먼저 거론됐던 배우는 줄리 앤드루스Julie Andrews였다. 그도 그럴 것이 그녀는 브로드웨이에서 공연된 뮤지컬 〈마이 페어 레이디〉의 주인공이었다. 하지만 영화사는 오드리 헵번을 주연으로 발탁했다. 외모를 선택한 것이다. 앤드루스와 달리 헵번은 노래를 소화하는 것이 불가능했다. 전문 대역 배우가 그녀의 목소리를 대신해서 녹음에 임했다. 영화는 대박이 났지만, 이듬해 아카데미 여우주연상은 뮤지컬 영화 〈메리 포핀스〉의 줄리 앤드루스에게 돌아갔다. 오드리 헵번은 인어 공주였던 것이다.


## 목소리를 듣는다
## 침묵을 듣는다

정작 우리는 자신의 목소리를 잘 모른다. 녹음이나 방송을 통해 자기 목소리를 들으면, 남들은 다 맞다고 하는데 나만은 영 내 목소리 같지 않고 어색하기만 하다. 다르게 들리는 것이 아니라, 실은 자신의 목소리가 생각했던 것보다 좋지 않아서 당황해하는 경우가 대부분이다.

앙드레 말로André-Georges Malraux의 소설《인간의 조건La Condition Humaine》(1933)에서는 이 현상을 이렇게 설명한다.

"우린 딴 사람의 목소리는 귀로 듣거든."
"그럼 자기 목소리는요?"
"목구멍으로 듣는 거지. 왜냐하면 귀를 막아도 자기 목소리가 들리니까."

— 앙드레 말로, 윤옥일 옮김, 《인간의 조건》 중에서

남의 소리는 귀로 듣고 자기 소리는 목구멍으로 듣는다. 그래서 뭐가 다를까. 이 소설에 따르면 자기 생명도 목구멍으로 듣는 것이된다. 그리하여 '나'라는 존재는 나 자신, 내 목구멍에 대해서 '절대적인 긍정', '미치광이의 긍정', 다른 것보다 훨씬 '강렬한 긍정'에 이른다. 그렇게 인간은 스스로 '괴물'이 되어 가는 것이다.

목구멍으로 듣는다는 것을 음향학적으로는 두성으로 듣는다고도하나 보다. 그래서 자기 목소리는 마치 좋은 마이크를 통해 나오는소리처럼 울림이 크기 때문에 더 우아하게 들린다고. 그렇다면 자기목소리야말로 가장 흉내 내기 힘든 성대모사 대상일 것이다. 소통이

안 되는 것은 남이 이해되지 않아서가 아니라 자기가 자신을 모르기 때문이다. 자기 자신이 잘나 보이고 옳게 들리기 때문이다. 그렇게 잘못 알고 있기 때문이다. 그러니 목이 곧으면 안 된다. 자기 목소리를 내기 위해서는 먼저 남의 목소리를 듣는 훈련부터 해야 한다.

김연수의 소설 〈달로 간 코미디언〉에는 방송국 라디오 피디의 이야기가 나온다. 그녀는 아무도 없는 편집실에 앉아서 사람들의 이야기를 되풀이해서 듣고 또 듣는다. 그러다 보면 처음에는 이야기를 따라가며 듣다가 나중에는 감정의 흐름을 지켜보며 듣게 된다고 한다.

"그럴 때면 그들의 인생이란 이야기에 있는 게 아니라 그 이야기 사이의 공백에 있는 게 아닐까는 생각마저 들어. 그런데 편집은 목소리 사이의 공백을 없애는 일이잖아. 목소리와 목소리 사이에서 기침이나 한숨 소리, 침 삼키는 소리 같은 걸 찾아내서 없애는 거야. 그러면 이상하게 되게 외로워져."

— 김연수, 〈달로 간 코미디언〉 중에서

인생은 이야기가 아니라 이야기와 이야기 사이의 공백에 있다는 게 무슨 말일까. 왜 목소리와 목소리 사이의 공백을 지우면 외로워진다는 걸까. 세월이 지나 그녀는 이 이야기를 다시 회상하며 이렇게 풀어놓는다.

"그 사람이 어떤 인생을 살아왔는지는 이야기가 아니라 목소리에서 느껴지는 그런 미세한 결 같은 것이라는 생각을 많이 했어. 아, 이 사람은 지금 고생한 이야기를 하고 있는데도 그 목소리만은 그 시절이 제일 행복했었다고 말하고 있구나. 몇 번이고 반복해서 듣다 보면 그렇게 혼자 중얼거릴 때가 있어. 편집하면서 내가 제일 안타까웠던 순간은 목소리가 끊어질 때였어. 더 말할 수 있는데, 사람들은 어느 순간 말을 멈춰. 한동안 침묵이 이어지고 릴 테이프는 혼자서 돌아가지. 침묵과 암흑. 내 귀에는 잡음만이 들려. 몇 번을 반복해서 듣다 보면 어쩌면 바로 그 순간이 내가 귀를 기울이는 순간일지도 몰라. 거기에 진실이 있을지도 몰라."

– 김연수, 〈달로 간 코미디언〉 중에서

이야기보다 목소리를, 목소리만이 아니라 침묵까지 듣는 것이 진짜 경청이다. 상대의 이야기를 들어주는 것만도 퍽 소중한 일이다. 하지만 이야기가 궁극적인 전언(傳言), 곧 메시지가 아닐 때가 많다. 어떨 땐 그냥 말하는 것 자체가 그의 목적일 수도 있다. 진짜 말하고픈 전언이 표면의 전언과 반대일 때도 있다. 그러기에 고생한 시절을 이야기하면서 행복해하는 목소리가 들린다면 진실은 목소리에 있지, 이야기에 있지 않다는 것 아니겠는가. 더 중요한 것은 말하지 않은, 차마 말할 수 없는 침묵의 소리에 귀 기울이는 것이다.

김연수가 말하고자 하는 침묵과 암흑의 장면으로 이런 예를 드는 것은 어떨까. 가령, 올림픽 주경기장, 그 소음의 소용돌이 한복판, 백 미터 경주의 출발선에 선 선수들을 생각해 보라. 아무리 고요해도 고요할 수 없는 순간, 선수들은 들려오는 잡음 하나하나를 지우며 침묵에 집중한다. 출발을 알리는 총소리를 듣고 출발하는 것은 아무리 빨라도 이미 늦다. 그들은 소리를 듣고 출발하는 것이 아니라 침묵이 끊어지는 그 순간 즉시 출발해야 하기 때문이다. 이만한 경청이 또 있을까. 침묵과 암흑에 귀 기울이는 것만 한 경청은 없다.

시를 읽는 일이 대저 그와 같다. 시에서 이야기만 추려 읽는 것은 충분한 일이 못 된다. 우리는 시인의 목소리를 읽고, 침묵마저 읽어야 한다. 말한 것과 말한 것 사이, 말한 것과 말하지 않은 것 사이, 말로 하지 못한 것까지, 아니 시인 자신도 모르는 것까지, 보이지 않는 암흑까지 경청하며 읽어야 한다. 물론 시인이라고 해서 제 목소리에 취하지 않는 자는 아닐 것이다. 다만 그는 자신의 목소리를 목구멍이 아닌 귀로 들으려 애쓰는 자인 것은 분명하다. 그는 타인 대신 아파하고, 신음해 주고, 끙끙 앓는 소리로 간신히 침묵을 뚫고, 침묵을 소리처럼 흘리는 자이기 때문이다.

시를 읽는 마음으로 타인의 목소리를 읽고, 시인의 마음으로 자신의 목소리를 읽는 것. 그리하여 오동나무 소녀에게 목소리를 담아 주고, 엘리자의 목소리에 힘을 실어 주며, 인어 공주의 목소리를 회복해 주었으면 싶다. 목소리를 회복해 주는 것, 그것이 이 불통의 시대에 우리가 살아가는 태도이자 방식이었으면 싶다. 목소리가 살아야 사람이 산다. 목소리는 곧 그 사람이니까.

# 4. 서른에서 마흔까지

인생은 오래 지속된다

한번 덴 가슴이라 괜찮을 줄 알았는데

이별이란 매번 달라서

마흔은 마흔대로 눈물이 나고

쉰은 쉰대로 애처롭더란 거다.

다만 나이는 거저먹는 게 아닌 덕분에,

보내야 할 걸 보낼 줄 알게 된 것뿐.

# 서른 즈음에

김광석의 〈서른 즈음에〉를 서른 즈음부터 들을 수 있었던 것도, 지나고 보니 축복이었다. 스무 해 넘도록 그 노래를 들어온 이들이라야 안다. 이 노래는 마흔 즈음에 더 어울린다는 것을. 게서 살고 더 살아 마침내 쉰이 넘었을 땐, 역시 또 쉰 즈음이 더 맞춤하다고 여기기도 했다. 그 바람에 후배와 제자 들에게 너희들은 아직 이 노래의 참맛을 모른다며 강변하곤 했지만, 사실 그건 꼰대 짓에 지나지 않음을 알면서도 부러 한 수작일 따름이었다. 항상 가장 마지막 나이를 사는 것이 우리의 삶이므로 나이의 체험은 늘 과장되는 경향이 있게 마련이다. 서른은 서른답게 마흔은 마흔답게 이 노래를 통해 삶을 되돌아보면 그뿐인 게다.

또 하루 멀어져 간다

내뿜은 담배 연기처럼

작기만 한 내 기억 속에 무얼 채워 살고 있는지


점점 더 멀어져 간다

머물러 있는 청춘인 줄 알았는데

비어 가는 내 가슴속엔

더 아무것도 찾을 수 없네

- 강승원 작사·작곡, 〈서른 즈음에〉


    잠시 머무는가 싶더니 허공 속에 흩어져 소멸해 버리고 마는 것. 가뭇없이 사라져 흔적조차 찾을 길 없는 것. 그래서 담배 연기를 예부터 허무에 빗대곤 했다. 하지만 이 노래의 시작은 다르다. 또 하루 '사라져 간다'가 아닌 것, '멀어져 가는' 것이다. 떠나가는 것이다. 허무보다 아쉬움과 애틋함이 더 강하게 느껴지는 이유가 거기에 있다. 십 대를 거쳐 이십 대를 보내고 문득 서른을 눈앞에 두게 됐을 때 느끼는 아찔함도 그런 것. 서른은 청춘과의 아쉬운 작별이다.

    그렇게 머뭇거리는 잠깐 사이에 서른을 넘긴다. 향내만 남기고 사라져 버리는 담배 연기처럼, 사랑의 기억은 여전하기만 한데 임과의 이별을 인정해야 할 때가 느닷없이 다가온 것. 서른 즈음에 느끼는 어정쩡함과 먹먹함도 그런 것. 준비 안 된 작별인 탓이다. 머물러 있을 줄만 알았기 때문이다. 아니, 알건 모르건 어차피 달라질 건 없다. 청춘이란 감정의 과잉과 낭비가 아니던가. 사랑하기에도 바쁘고 모자란 시간에 이별을 어찌 준비하겠는가. 하지만 한번 떠난 기차는 돌이킬 수 없다. 플랫폼을 떠나가는 열차처럼 한번 멀어진 청춘은 가속이라도 붙은 듯 점점 더 멀어져만 간다. 그렇게 떠나가는 청춘을 우두커니 바라만 봐야 하는 서러운 서른.

그런데 그게 끝이 아니더라는 거다. 한번 덴 가슴이라 괜찮을 줄 알았는데 이별이란 매번 달라서 마흔은 마흔대로 눈물이 나고 쉰은 쉰대로 애처롭더란 거다. 그러기에 저 노래가 인생의 고개를 넘길 때마다 유효하고 적실하게 다가들더라는 거다. 다만 나이는 거저먹는 게 아닌 덕분에, 이별의 아픔에 무뎌지거나 익숙해져서가 아니라, 보내야 할 걸 보낼 줄 알게 된 것뿐. 하여 이제는 진짜 이별 노래를 부를 수 있을 것 같은데, 안타까운 건 서른 즈음에 생을 접었기에 김광석 그는 정작 이를 알지 못했으리라는 것, 그리하여 그가 마흔 즈음 쉰 즈음에 이 노래를 부르는 걸 들을 수 없게 되었다는 데 있다.

그래서일까, 이 노래는 여러 가수의 목소리로 지금도 다시 불리고 있다. 하지만 이 곡의 원조는 진작부터 따로 있었다. 다행히도 그 주인공은 마흔 넘어, 쉰 넘어서도 여전히 조용히 꿋꿋이 음악 생활을 하고 있다. 이제는 하다못해 선후배들이 '노후 대책'과 '1집 만들기' 프로젝트까지 추진해 주는, 〈이소라의 프러포즈〉, 〈윤도현의 러브레터〉, 〈유희열의 스케치북〉 같은 텔레비전 프로그램의 음악감독으로 알려진 강승원이 바로 그 주인공이다.

전설은 이렇게 전한다. 〈노영심의 작은 음악회〉 마지막 방송에서 강승원이 만들어 부른 이 노래를 듣고 김광석이 그 곡을 자기에게 달라고 했단다. 그러잖아도 예전부터 곡 하나 달라고 하던 참이라 선뜻 주었다는 설도 있고, 몇 번의 구애 끝에 김광석이 돈다발을 들고 와서 곡을 달라고 하자 야단을 치며 그냥 가져가라 했다는 설도 있지만, 그 어느 쪽이든 노래에도 운명과 인연이 따로 있다는 말이 맞긴 한 모양이다. 김광석이라는 존재를 빼놓고 이 노래의 운명을 말할 수 없는 게 사실이니까.

하지만 귀에 익어서 그렇지, 김광석 특유의 떨리는 목소리가 주는 호소력도 좋지만, 강승원의 묵직함 뒤에 느껴지는 설움, 그리하여 센티멘털로 떨어지지 않는 그 절묘함이야말로 이 노랫말의 분위기에 딱 어울린다고 나는 생각한다. 강승원의 삼십 대 시절 앨범을 들어 보지도 못한 처지인지라, 이러한 나의 선호는 단지 그의 최근 나이 든 얼굴과 목소리에 기인하는 건지도 모르겠다. 언제나 서른 즈음에 머물러 있는 김광석과 달리 강승원이 부르는 〈서른 즈음에〉에는 '마흔 즈음에' 또는 '쉰 즈음에'마저 들어 있는 것처럼 여겨지기 때문이다.

무엇보다도 높이 사는 것은 그의 시적인 노랫말이다. 경이로울 지경이다. 특히 이 대목.

계절은 다시 돌아오지만
떠나간 내 사랑은 어디에
내가 떠나보낸 것도 아닌데
내가 떠나온 것도 아닌데

김광석은 영원한 서른 살, 삼십 대의 상징이 되었다.

조금씩 잊혀져 간다

머물러 있는 사랑인 줄 알았는데

또 하루 멀어져 간다

매일 이별하며 살고 있구나

매일 이별하며 살고 있구나

– 강승원 작사·작곡, 〈서른 즈음에〉

내가 떠나보낸 것도 아닌데 내가 떠나온 것도 아닌데. 떠나간 사랑을 한탄하는 듯하지만, 청춘의 세월이야말로 내가 잘못해 떠나가는 것이 아니지 않은가. 이 억울함으로 어디선가 볼멘소리가 들릴 법도 한데, 잠시 흥분하는가 싶더니 이내 담담해진다. 그래서 더 애절하다. 가는 세월, 가는 청춘과 더불어 조금씩 잊혀 가는 것이 인생임을 받아들이려는 듯, 화자는 깨달음처럼 정의를 내린다. 산다는 건 매일 이별하는 거라고. 매일 하루하루와 이별하는 거라고. 이제 진짜 서른을 맞이한 것이다.

## 그녀의 삼십 세

매일 이별하며 사는 일이 처음일 리 없다. 매일같이 벌어졌기에 인식하지 못했을 뿐이다. 그러다 문득 각성하게 되는 것은 단절이 있기 때문이다. 똑같은 하루지만 1월 1일이 남다르듯 말이다. 스물에서 서른으로의 고개는 가파르고 결정적이다. 그래서 서른이 코앞에 다가온 걸 인식하게 되면 가슴은 덜컥 내려앉고 몸은 털썩 주저앉는 느낌이 든다. 나이의 단층, 청춘도 아니고 어른도 아닌 것 같은 찜찜함이라고 할까. 잉게보르크 바흐만Ingeborg Bachmann의 《삼십 세》는 이렇게 시작한다.

> 30세에 접어들었다고 해서 어느 누구도 그를 보고 더 이상 젊지 않다고 말하지는 않으리라. 하지만 그 자신은 일신상에 아무런 변화를 찾아낼 수 없다 하더라도, 무엇인가 불안정하다고 느낀다. 스스로를 젊다고 내세우는 게 어색해진다.
>
> ― 잉게보르크 바흐만, 차경아 옮김, 《삼십 세》 중에서

젊다고 내세우기도 어색하고, 그렇다고 젊지 않은 것도 아닌 그때, 그 단층의 낭떠러지 앞에서 우리는 예민해진다. 사춘기 단층의 애벌레 시절과는 사뭇 다르다. 이번에는 스스로 뒤돌아보고 내다보려 애쓴다. 주위를 민감하게 더듬어 본 촉각은 불가항력의 사태임을 보고해 온다. 그리하여 여전히 한 치 앞도 안 보이는데, 촉각 하나만 곤두세우고 어두워 뵈는 진짜 어른 세계의 문턱을 넘어서야 한다. 이제 내성의 갑옷만 키우면 될 것 같은데, 하지만 인간은 사슴벌레가 아니다. 인생은 오래 지속된다.

그런 단층이 그 기나긴 인생에서 어디 한두 번이랴. 그런 측면에서 보면 서른 살을 놓고 말이 많은 건 과장일지 모른다. 그러기에 서

른에 대한 어떤 논의도 상투적일 수밖에 없다. 김광석에 이어 이제 최승자를 등장시키고자 하는데 이 역시 상투적이라는 지적을 면하기는 글렀다. 그것은 정이현의 소설에서 이미 간파된 바이기도 하다.

> 일찍이 김광석은 노래했다. 또 하루 멀어져 간다, 머물러 있는 청춘인 줄 알았는데. 이렇게 살 수도 없고 이렇게 죽을 수도 없을 때 서른 살은 온다. 그렇게 말한 시인은 최승자다. 삼십 세에 대한 으리으리한 경고는 너무 흔하다. 스물아홉 가을, 나는 갓난아이에게 홍역 예방 접종을 맞히는 엄마의 심정으로 스스로를 다독였었다. 와라! 서른 살! 맞서 싸워 주마. 절대 지지는 않을 테다. 그런 식의, 유치하지만 제법 비장한 각오도 했었다.
>
> – 정이현, 《달콤한 나의 도시》 중에서

과연 서른이 정말 별거 아닐까. 그래서 역시 또 최승자. "이렇게 살 수도 없고 이렇게 죽을 수도 없을 때 / 서른 살은 온다"로 시작하는 최승자의 시 〈삼십 세〉. 이 선언은 청춘과 낭만과 결탁한 모든 서른의 고민을 엄살로 만들고 만다. 그녀의 눈에 서른은 사느냐 죽느냐 사이의 어정쩡한 타협인 것이다.

> 이렇게 살 수도 없고 이렇게 죽을 수도 없을 때
> 서른 살은 온다.
> 시큰거리는 치통 같은 흰 손수건을 내저으며

놀라 부릅뜬 흰자위로 애원하며.

내 꿈은 말이야, 위장에서 암세포가 싹트고

장가가는 거야, 간장에서 독이 반짝 눈뜬다.

두 눈구멍에 죽음의 붉은 신호등이 켜지고

피는 젤리 손톱은 톱밥 머리칼은 철사

끝없는 광물질의 안개를 뚫고

몸뚱어리 없는 그림자가 나아가고

이제 새로 꿀 꿈이 없는 새들은

추억의 골고다로 날아가 뼈를 묻고

흰 손수건이 떨어뜨려지고

부릅뜬 흰자위가 감긴다.


오 행복행복행복한 항복

기쁘다우리 철판깔았네

- 최승자, 〈삼십 세〉


　그녀에 따르면 서른은 청춘이 얼굴에 철판을 깔고 흰 손수건 떨어
뜨리며 항복하는 것이다. 행복과 기쁨을 위해 꿈을 버리고 골고다에
뼈를 묻고 눈을 감는 것이다. 죽는 것이다. 어차피 삼십 세는 새로 꿀
꿈도 없는 존재일 뿐이다. 달리 말하면, 진작 죽었어야 했는데 이렇
게 살 수도 없고 죽을 수도 없어 머뭇거리다가 그만 서른을 맞아 버
린 것이다. 여하튼 살긴 살아야 하는 법, 살 수밖에 없는 법, 그리하

여 살지만 죽는 것. 삼십 세가 된다는 것은 비겁한 일이다. 이렇게 그녀는 비아냥거리고 자조한다.

성인이 된다는 것은 성숙해지는 것이 아니라 속인俗人이 되어 가는 거라고 그녀는 의심하는 것 같다. 심지어 원숙해지는 것도 썩어 버리는 경계에 다가서는 일일지 모른다며 그녀는 회의의 시선을 거두지 않는다. 잘 무르익은 참외는 썩을 일밖에 남지 않았으니까.

엘튼 존은 자신의 예술성이 한물갔음을 입증했고
돈 맥글린은 아예 뽕짝으로 나섰다.
송X식은 더욱 원숙해졌지만
자칫하면 서XX처럼 될지도 몰랐고
그건 이제 썩을 일밖에 남지 않은 무르익은 참외라는 뜻일지도 몰랐다.


그러므로, 썩지 않으려면
다르게 기도하는 법을 배워야 했다.
다르게 사랑하는 법
감추는 법 건너뛰는 법 부정하는 법.
그러면서 모든 사물의 배후를
손가락으로 후벼 팔 것
절대로 달관하지 말 것
절대로 도통하지 말 것
언제나 아이처럼 울 것

아이처럼 배고파 울 것

그리고 가능한 한 아이처럼 웃을 것

한 아이와 재미있게 노는 다른 한 아이처럼 웃을 것.

– 최승자, 〈올여름의 인생공부〉 중에서

시대가 변하고 나이가 든다는 것이 예술가에게는 치명적일 수 있다. 이 시 속에 등장하는 가수들을 보자. 엘튼 존은 한물갔고, 돈 매클레인은 타락했거나 변질됐다. 원숙하면 곧 썩기 일쑤다. 그러니 썩지 않으려면 원숙함의 반대 길로 가야 한다. 나이 먹었다고 달관하고 도통한 척하지 말고, 아이가 되어야 한다. 서른이 아니라 마흔, 쉰이 넘어도 어린아이가 되어야 한다. 적어도 시인은 그래야 한다고, 그것이 인생 공부의 교훈이라고 설파하는 것 같다.


## 마흔 즈음에

그러나 현실은 반대다. 현실의 변화를 승인할 줄 알아야 성숙이라 할 것이다. 지난날을 감사하며 돌아볼 줄 알아야 어른이라 한다. 아마도 80년대 운동권의 90년대 자화상을 다룬 김응수 감독의 장편 영화 〈시간은 오래 지속된다〉에서 모티브를 따왔을, 동명 제목의 시에서 시인 김선우는 그런 향수를 단호히 배격했다.

이제 단풍든 이 골짜기에서

서둘러 노스탤지어를 말하지 말라

한 시절의 그늘을 온몸으로 섬긴 후에야

겨울산으로 돌아가는 자작나무

자작나무에 기대어서만 자작나무를 말할 일이다

- 김선우, 〈시간은 오래 지속된다〉 중에서


서른이 됐다고 서둘러 노스탤지어를 말하지 말라. 서른, 아직은 아니다. 젊음을 후일담처럼 말할 때가 아직은 아닌 거다. 잦은 회고와 향수에 젖는 것은 원숙이 아니라 늙음의 표상이다. 시간은 오래 지속되니 이제 곧 서른이 지나 마흔이 오고 쉰이 올 것이다. 회고는 그때 가서 하면 된다.


서른이 될 때는 높은 벼랑 끝에 서 있는 기분이었지.

이 다음 발걸음부터는 가파른 내리막길을

끝도 없이 추락하듯 내려가는 거라고.

그러나 사십 대는 너무도 드넓은 궁륭 같은 평야로구나.

한없이 넓어, 가도 가도

벽도 내리받이도 보이지 않는,

그러나 곳곳에 투명한 유리벽이 있어,

재수 없으면 쿵쿵 머리방아를 찧는 곳.

그래도 나는 단 한 가지 믿는 것이 있어

이 마흔에 날마다, 믿는 도끼에 발등을 찍힌다.

- 최승자, 〈마흔〉

마흔이 되면 어떻게 될까. 최승자 그녀에게도 마흔이 찾아왔다. 그리고 드디어 그녀도 낭떠러지 단층인 것만 같았던 삼십 대를 회고한다. 가파르고 강팍하기만 했던 삼십 대, 그에 비하면 사십 대는 드넓고 평탄한 평야 같다. 그래서일까, 삼십 세에 보였던 삶과 죽음 사이의 예각도 어느 사이엔가 무뎌지고, 젊은 날의 암울함도 꽤 걷어진 듯한 느낌이다. 그러나 산다는 건 언제나 녹록지 않은 것, 너른 평야를 걷는 것 같다가도 곳곳에 함정과 복병이 도사리고 있는 것, 한없이 넓게 펼쳐진 것 같아도 보이지 않는 투명한 유리 벽이 에워싸고 있어서 잠깐 방심하는 사이에 머리 방아를 찧고 마는 것, 그것이 사십 대다. 젊은 시절의 험로를 헤쳐 나온 자신을 과신하며 사십 대는 그야말로 탄탄대로라 여기는 순간, 곳곳에 투명한 유리 벽이 가로막고 있음을 깨닫게 되는 것, 재수 없으면 한 방에 날아가는 것, 그것이 또한 사십 대다.

그러니 속지 말아야 한다. 저 거짓 궁륭 같은 평야, 저 투명하여 보이지 않는 유리 벽에 말이다. 자칫하면 평야의 구렁 속으로 추락하기 일쑤다. 유리 벽과 유리 천장을 뚫기 위해 다시 피를 흘려야 할 일도 생길 것이다. 노력해도 안 될 수 있다. 운명이 허락하지 않으면 뜻대로 사는 인생은 거기까지다. 그래서 타고난 팔자니 운명이니 운수니 하는 말에 한없이 약해지는 것이 또한 사십 대다. 개인의 건강이든, 가정의 화목이든, 직장에서의 성공이든 저 평야를 믿고 거기에 안주하는 순간, 사십 대는 위험해진다. 그러니 스스로에게도 속지 말아야 한다. 믿어 온 도끼라 해서 영원히 믿음직하지는 않다. 모든 게 변해 가는데 변하지 않는 믿음이야말로 가장 위험할 수 있기 때문이다.

여기까지가 사십 대의 처세법이요, 자기 계발서류의 성공학에서 흔히 일컫는 레퍼토리에 해당할 것이다. 하지만 시인 최승자는 2연에서 이를 아주 경쾌하게 위반한다. 그래도 그럼에도 불구하고, 시인은 단 한 가지 믿는 것이 있어서, 이 마흔에, 웬만한 거 다 알 법한 이 마흔에, 그것도 날마다, 믿는 도끼에 발등을 찍히는 것이다. 부주의나 배반으로 발등을 찍히는 것이 아니라, 발등을 찍히는 줄 알면서, 매일 그 짓을 거듭하면서도, 그래도 그 단 한 가지 믿는 것을 마다하지 않는다는 게다. 그래서 시인이다.

사실, 성공한 사람도 문제가 없는 사람도 다 문제가 있는 게 사십 대다. 어느 날 돌아보면 휑뎅그렁한 껍데기뿐이다. 드넓은 평야도 높다란 유리성도 다 헛것 같은 순간이 온다. 그때 우리는 다시 또 내 인생과 세월과 꿈과 사랑과 작별하고 있음을 깨닫게 된다. 또 떠나가고 또 하루 멀어져 가고 있음을 말이다.

〈강승원 1집 만들기 프로젝트 Part 1〉에 실린 〈나는 지금…(40 Something)〉을 들어 보라. '마흔 즈음에'라 부름 직한 이 노래는 사십 대의 이적이 부른 버전과 오십 대의 강승원이 부른 버전 두 가지가 있다. 〈서른 즈음에〉의 연작이라 생각한다면 이적의 목소리를, 〈서른 즈음에)가 마흔 즈음에 더 어울린다고 생각한다면 쉰을 한참 넘은 강승원의 목소리를 택하는 것도 괜찮으리라.

떠나보내는 데 익숙해졌어
떠나가는 것도 마찬가지야
다시 처음으로 돌아가고 싶지만 나는 지금

유리창에 비친 내 모습 너머로
당신은 내게 멀어지고 있고
사랑이라는 허전함 속에
기쁨보다 슬픔이 많아

끝도 없는 사랑을 믿었는데
가슴이 아파
떠나가는 너를 볼 수가 없어
멀어지는 너를 잡을 수 없어

떠나가지 마라
나의 청춘이 널 따라 멀어진다
나의 사랑이 널 따라 사라진다
떠나간다 멀어진다 사라진다

떠나보내는 데 익숙해졌어

떠나가는 것도 마찬가지야

다시 처음으로 돌아가고 싶지만 나는 지금

— 강승원 작사·작곡, 〈나는 지금…(40 Something)〉

곡은 더 원숙해졌지만 노랫말은 아무리 봐도 그의 서른과 마흔이 너무 가깝다. 마흔이 되었어도 여전히 떠나고 멀어져 간다. 여전히 떠나가지 않았으면 싶고, 멀어지지도 사라지지도 않기를 바란다. 서른 즈음에 비하면 익숙해진 것뿐, 하지만 아무리 익숙해져도 허전하고 슬프고 아프다. 유리창에 갇힌 채 유리창 너머로 떠나가는 사랑과 꿈과 세월과 청춘을 가슴 아프게 바라보는 것이 마흔이라고 그는 노래한다. 그래서 〈서른 즈음에〉는 마흔에 어울리고 〈나는 지금〉도 마흔에 어울린다고 나는 우기곤 한다. 아마도 강승원이 서른 즈음에 지나치게 조숙했거나 마흔 즈음 들어서도 여전히 젊게 살아서 그런 것이 아닐까 짐작해 본다. 그렇다면 다행이다. 최승자 식으로 말해, 그는 엘튼 존과 돈 매클레인이 아닌 셈이니까.


## 마흔 살, 옛날은
## 가는 게 아니고 자꾸 돌아온다

실로 마흔이 된다는 것은 서른이 될 때보다 더 충격적이다. 마흔이 되어 보면 서른 살의 설움은 애교처럼 느껴진다. 청춘 운운하며 아쉬워하는 것도 서른 즈음에는 과장에 가깝다. 하지만 마흔이 되면, 마음은 청춘과 조금도 다를 바 없는 것 같은데, 청춘의 회복이 불가능함을 확실히 인정해야 한다. 이 발달 과업을 제대로 수행하지 않으면 위험해지기 십상이다. 그래서 마흔의 마지막 낭만은 가슴 아프다. 노랫말처럼 돌아갈 수 없고, 보내야 하고, 떠나가는 세월을 멍하니 속수무책으로 그저 바라만 보아야 한다.

하지만 마흔이 되면 세월은 떠나가는데 옛날은 자꾸 되돌아온다. 노스탤지어를 말해도 될, 자작나무에 기댈 날이 가까워진 탓이리라.

염전이 있던 곳

나는 마흔 살

늦가을 평상에 앉아

바다로 가는 길의 끝에다

지그시 힘을 준다 시린 바람이

옛날 노래가 적힌 악보를 넘기고 있다

바다로 가는 길 따라가던 갈대 마른 꽃들

역광을 받아 한번 더 피어 있다

눈부시다

소금창고가 있던 곳

오후 세시의 햇빛이 갯벌 위에

수은처럼 굴러다닌다

북북서진하는 기러기떼를 세어 보는데

젖은 눈에서 눈물 떨어진다

염전이 있던 곳

나는 마흔 살

옛날은 가는 게 아니고

이렇게 자꾸 오는 것이었다

-이문재, 〈소금창고〉

시인의 말을 빌리면, 그가 나고 자란 염전은 일제 식민 통치 때문에 탄생한 장소이자 군사 정권의 근대화 프로젝트에 의해 수도권 쓰레기 매립지가 되어 죽음을 맞이한 장소다. 현대사의 진행은 당연히 개인의 역사에도 영향을 미쳤다. 그래서 그는 생태적으로도, 행정적으로도 고향을 고스란히 잃고 말았다. 고향은 그렇게 떠나가고 멀어지고 사라지고 말았다. 하지만 기억은 그렇지 않다. 심지어 그는 자신이 가 보지도 못한 아버지의 고향까지 기억 속에서 복원하고자 한다. 북북서진하는 기러기 떼가 가는 곳, 그곳이 바로 피난 온 아버지의 북녘 고향 언저리가 아니겠는가.

그런 생각을 하는 때가 마흔인 것이 우연은 아니다. 마흔에 회고하고 호출해 내는 지나간 것들은 아름답다. 마흔 살, 늦가을 평상에 앉아 옛날 노래가 적힌 악보를 넘기다 보면 역광 속의 갈대꽃이 눈부시고 오후의 햇빛은 수은처럼 빛난다. 그래서 눈물이 난다. 이토록 아름다움에 눈물 나고, 이토록 아름다운 곳에 마땅히 있어야 할 것의 부재로 또 눈물이 난다. 가장 좋은 날, 부모님은 안 계시는 법. 사랑을 알 만할 때 사랑은 떠나가는 법. 옛날이 그리운데 시간은 돌이킬 수 없는 법. 그걸 간절히 알게 될 때가 마흔 살인 게다. 그러기에 옛날을 아무리 보내려 해도, 옛날은 가는 게 아니고, 이렇게 자꾸 오는 것이다. 내가 떠나보낸 것도 아닌데 세월이 갔던 것처럼, 내가 오라 아니 해도 자꾸 오는 것이 옛날 아니던가. 그것이 서른과 마흔의 결정적 차이라 나는 믿는다.

# 5. 하루 또 하루

일상과 일생

일생을 살지만

매일 살 수 있는 것은 하루밖에 없다.

언덕 저편에 인생의 마지막 빨간 석양이 물들 때,

그때 나는 왜 여기에 서 있느냐고 묻지 않을 것이다.

# 긴 하루 지나고

힘겨운 듯 혹은 무심하게 기차 소리가 사라져 갈 즈음, 아련한 이별 영화의 배경 음악 같은 전주가 처연하게 흐른다. 아주 잠깐의 고요를 뚫고 터져 나오는 어느 외로운 남자의 목소리, 함부로 위로하거나 감상에 빠지는 법 없이 그저 곁에서 촉촉하게 바라봐 주는 듯한 피아노 소리. 고독한 남성의 아픈 심장, 그 고동과 맥박은 드럼이 대신 울려 주고, 애인 가슴 그 애절함은 기타 소리가 대신 울어 준다. 전인권의 〈사랑한 후에〉는 그렇게 우리 가슴을 후벼 든다.

긴 하루 지나고 언덕 저편에 빨간 석양이 물들어 가면
놀던 아이들은 아무 걱정 없이 집으로 하나둘씩 돌아가는데
나는 왜 여기 서 있나
저 석양은 나를 깨우고 밤이 내 앞에 다시 다가오는데

이젠 잊어야만 하는 내 아픈 기억이 별이 되어 반짝이며 나를 흔드네

저기 철길 위를 달리는 기차의 커다란 울음으로도 달랠 수 없어

나는 왜 여기 서 있나

오늘 밤엔 수많은 별이 기억들이 내 앞에 다시 춤을 추는데


어디서 왔는지 내 머리 위로 작은 새 한 마리 날아가네

어느새 밝아 온 새벽하늘이 다른 하루를 재촉하는데

종소리는 맑게 퍼지고

저 불빛은 누굴 위한 걸까 새벽이 내 앞에 다시 설레이는데

- 전인권 작사·노래, 〈사랑한 후에〉(〈The palace of Versailles〉 번안곡)


　　노랫말 속 주인공은 긴 하루를 보내는 중이다. 고달프고 버거운 날이었으리라. 기차 소리가 들릴 만큼만 떨어진, 언덕 너머로 지는 노을이 내다뵈는 어느 후미진 동네의 옥상쯤이어도 좋으리라. 들국화 피어 있는, 마을 가까운 냇가인들 무슨 상관이랴. 언덕 너머로 노을이 진다. 나는 왜 여기에 서 있나. 이유나 목적이 있을 리 없다. 그는 떨려난 존재다. 집인들 낯선 거리인들 지금 그는 온종일 구름처럼 밀려나고 물처럼 흘러 다니다가 어느새 시간의 막다른 골목, 석양 무렵에 도달한 것이다. 긴 하루, 정신없이 흘러 흘러, 문득 정신을 차려 보니 석양인 것, 아침 햇살이 아니라 석양이 나를 깨웠다는 것은 그런 뜻이다. 한데 깨어 보니 내 앞에 다가오는 것은 밤뿐, 깬들 깨지 않은들 아프다. 그 무엇도 나를 달랠 수 없다.

그러니 들을 때마다 멍해지고 가슴 먹먹해지는 노래. 이 노래를 들을 때면 늘 외롭다. 그런데 이 외로움은 불안하기까지 하다. 불안을 동반한 고독. 그것은 마치 어린 시절 온종일 잘 놀다가 돌아보니 어느새 날은 저물어 숙제는 포기해야 할 상황임을 깨닫게 되었을 때, 계절로 말하자면 여전히 한여름인 양 반팔로 잘 지내고 있는데 갑자기 소매 사이로 찬바람이 훅 들어옴을 느낄 때, 인생으로 말하자면 영원할 것만 같던 청춘인가 싶더니 문득 자신의 인생을 책임져야 할 어른이 되었음을 승인해야 할 때의, 그 외롭고 막막한 심정을 닮았다. 그래서 하루는 일생의 준말 같다. 하루는 고독하고 인생은 불안하다.

이제는 꽤 널리 알려졌거니와 이 노래는 스코틀랜드의 가수 겸 작곡가 알 스튜어트Al Stewart의 〈베르사유 궁전The Palace of Versailles〉을 번안하여 리메이크한 곡이다. 하지만 원곡의 멜로디도 17세기 초 영국의 교회 음악 작곡가 윌리엄 버드가 만든 〈살리스베리의 백작The Earl Of Salisbury〉을 기반으로 한 것이라 하니 번안곡이라 하여 무람할 일은 절대 아니다. 도리어 이지 리스닝 계열의 포크송에 해당하는 원곡을 록발라드로 편곡한 전인권의 솜씨가 돋보일 따름이다. 멜로디만이 아니라 피아노 연주까지도 엇비슷한데 전혀 딴 노래로 들릴 정도니 말이다. 원곡에선 느낄 수 없는 처절한 적막감, 쓸쓸하고 공허하고 채워지지 않는 가슴 한 켠, 그래도 그 누구에게 탓하거나 투덜대지 않는 어딘가 어른스러움마저 풍기는 이 노래.

그렇게 보면 제목이 오히려 불만스럽다. 이것이 고작 사랑한 후의 이별 노래란 말인가. 차라리 원곡의 제목이나 노랫말과 맞바꾸는 편이 낫지 않을까. 도너번<sub>Donovan</sub>과 밥 딜런<sub>Bob Dylan</sub>, 그리고 존 레넌<sub>John Lennon</sub> 등의 영향을 받아 사회적이고 역사적인 소재를 즐겨 다루던 알 스튜어트. 플래티넘 레코드로 기록될 정도로 성공을 거둔 그의 앨범 속 〈베르사유 궁전〉은 부드럽게 들리는 멜로디와 달리, 가사는 프랑스 혁명을 아주 비장하게 다루고 있었던 것.

가사를 새로 입힌 전인권이 몰랐을 리 없다. 어느 방송에 나와서 〈사랑한 후에〉의 가사에 대해 어머니가 돌아가시고 쓴 노랫말이라 했지만, 이 노래를 언급하는 다른 인터뷰에서는 심상찮은 말을 했다. "지금은, 성인의 아픔을 멋으로 만들어 줄 수 있는 음악이 전멸했어요. 〈사랑한 후에〉 아시죠? 그런 음악이 없는 거예요. 강승원이 만든 〈서른 즈음에〉, 이런 노래가 없어요, 지금은. 저는 현명한 사람들이 바로 록그룹이라고 봐요. 그들만이 혁명을 이야기했어요. 비틀스<sub>The Beatles</sub>도 그랬고, 티렉스<sub>T. Rex</sub>도 그랬고. 자기네가 옳다고 생각했기 때문에 혁명을 이야기할 수 있었던 거예요."

그가 사랑한 것은 무엇일까. 이별한 사랑은 무엇일까. 무엇을 사랑한 후이기에 저토록 처절할 수 있을까. 연인일 수 있고 어머니일 수도 있고, 그래 '혁명'일 수도 있다. 하지만 그 어느 쪽이든 이 곡의 3절을 어떻게 받아들여야 할지 난감하기만 하다. 아무것도 그 어느 누구도 아픈 기억을 달래 줄 수 없는데, 내 머리 위로 날아가는 작은 새 한 마리, 어느새 밝아 온 새벽하늘, 맑게 퍼지는 종소리와 불빛, 그것들은 과연 희망일 것인가. 새로운 설렘과 기대와 의욕일 것인가.

그럴 수도 있고 아닐 수도 있다. 그럴 수 있다 함은 이 노래와 같은 앨범에 수록된 〈사노라면〉 때문이다. 1966년에 쟈니리가 노래한 〈내일은 해가 뜬다〉라는 제목으로 발표된 그 곡을, 1980년대 초 대학 시절, 그때 나는 구전 가요인 줄로만 알고, 있는 힘껏 목청 뽑아가며 줄기차게 불러댔다. "사노라면 언젠가는 밝은 날도 오겠지, 흐린 날도 날이 새면 해가 뜨지 않더냐. 새파랗게 젊다는 게 한밑천인데 쩨쩨하게 굴지 말고 가슴을 쫙 펴라. 내일은 해가 뜬다, 내일은 해가 뜬다." 비록 가진 것 하나 없어도 그건 그래도 희망이고 소망이었다. 하지만 반대일 수도 있다. 내일은 해가 뜬다는 외침은 단순히 자연의 운행 질서를 말하는 것이 아니라 어둡기만 한 우리에게도 내일은 해가 뜨리라, 떠야 하리라, 뜨고 말 것이라는 절규이기도 했기 때문이다. 그건 절망보다 슬펐다.

그래서 우리가 저 〈사랑한 후에〉에서 주목해야 할 것은 '다시'라는 시어의 반복이다. 연인이든 혁명이든, 한번 모질게 사랑한 후에 과연 다시 사랑할 수 있을까. 사랑이 다시 찾아올 수 있을까. '다시'는 재도전의 기회일 수 있다. 긴 하루를 지나 보내며 울음을 삭이고 맞이한 신새벽, 다시 설레며 새로운 하루를 맞는, 그리하여 툭툭 자리 털고 일어서는 한 남자를 그려 보는 것이다. 반면에 '다시'는 궤도를 벗어나지 못하는 반복일 수 있다. 송창식이 부른 〈참새의 하루〉에서 그 반복은 정겹게나 들리지, 이 노래의 '다시'는 절망적인 운명의 표정을 띤다. 작은 새도 부질없고, 종소리나 불빛 또한 누구를 위한 것일까. 그저 한숨 한번 푹 내쉬고, 어쩔 수 없이 또 새벽인지라 터덜터덜

힘겹게 발걸음을 옮기는 한 남자의 뒷모습이 그려지는 것이다. 어느 쪽이든 어른스러워 보이는 것이 그나마 위안이 된다.


## 우는 아이,
## 놀던 아이

1985년 발표된 〈들국화 1집〉. 그것이야말로 혁명이었다. 하지만 혁명은 늘 짧다. 2집의 실패에 연이은 그룹의 해체. 그리하여 1987년 전인권과 허성욱이 함께 만든 앨범 〈추억 들국화〉에 바로 〈사랑한 후에〉가 실려 있었다. 그러니 드라마 〈응답하라 1988〉에서 이게 빠지면 섭섭한, 아니 말이 안 될 정도인데, 문제는 어느 타이밍이냐 하는 것뿐. 드디어 8회에 등장한다.

보라(류혜영 분)는 친한 친구에게서 전화를 받고 나간다. 그 자리에서 보라는 자신의 남자 친구와 그 친구가 엠티 때 술에 취해 그렇고 그런 일이 있었다는 고백을 듣는다. 이럴 땐 실수라는 말이 더 미운 법. 보라는 친구와 절교를 하고, 집 앞까지 찾아와 용서를 구하는 남자 친구의 애걸복걸도 야멸치게 내친다. 하지만 웬걸, 적반하장이라고 그는 그러잖아도 진실을 말하고 싶었다는 투로 보라에게 최악의 여자라는 폭언을 남긴다. 사랑한 후에 말이다.

아마도 긴 하루였을 것이다. 계단에 앉은 채 보라의 주먹 쥔 손이 부르르 떠는데 그 위로 눈물이 빗물과 함께 떨어진다. 이 광경을 지켜보던 선우(고경표 분)가 보라에게 다가가 우산을 씌워 주며 위로를 건넨다. "저 형, 누나 진짜 모른다. 누나, 따뜻한 사람이에요"라고. 이 장면의 배경 음악으로 깔린 것이 바로 〈사랑한 후에〉다. 아마도 감독은 말 그대로 사랑한 후의 장면인 만큼 이 타이밍이 적절하다고 여겼을 것이다. 어쩌면 이 노래 3절의 새로운 설렘의 하루에 의미를 두었을 수도 있다. 바로 그 8회의 마지막 장면에서 선우가 보라의 볼에 첫 입맞춤을 하는 걸 보면 말이다.

해석과 감상의 자유는 이래서 좋다. 시는 자기 것으로 전유될 때 오독조차 생기를 얻는 법이다. 하긴 나도 엉뚱한 상상을 한 적이 있다. 내게 음악감독의 지위가 허용된다면, 꼭 이 〈사랑한 후에〉를 배경 음악으로 깔고 싶었던 장면이 하나 있다.

MBC 〈무한도전〉의 '명수는 12살' 편. 시작할 때만 해도 혼자 있는 것이 훨씬 재미있다던 명수는 딱지치기, 오징어, 다방구 등 여러 놀이를 하며 친구들과 어울리는 법을 배워 나간다. 놀이의 규칙조차 모르는 명수. 친구들은 가르쳐 주고 속아 주고 봐주기도 하면서 그와 함께 놀아 준다. 철부지 명수는 포용심을 지닌 친구들의 고마움을 아는지 모르는지 점점 더 신이 나서 놀이를 즐긴다. 이렇게 즐겁게 긴 하루를 지낸 적이 그에게 있었을까.

그러나 영원한 쾌락은 없다. 동네 어귀까지 어둠이 깔려 오자 저녁 먹으러 들어오라는 엄마들의 부름 소리가 집집이 울려 퍼진다. 영원을 맹세한 아이들의 약속은 이내 실없어지고 하나둘 속속 집으로 돌아가는데, 마지막 남은 길성준에게 명수는 애걸한다. 땅따먹기

MBC 〈무한도전〉의 '명수는 12살' 편.
함께 놀던 친구들이 집으로 돌아가고 명수는
혼자 남았다. 쓸쓸하고 애처로운 이 땅의 수많
은 명수에게 〈사랑한 후에〉를 들려주고 싶다.

하기로 해 놓고 다 가면 어떡하냐고. 끝내 처량하게 홀로 남은 열두 살 명수는 골목길에 주저앉아 "나는 왜 엄마가 안 불러 주지?"라며 혼잣말을 한다. 먹고사는 일에 바쁜 부모에게서 자라난 명수의 고독한 초상화였다.

이보다 진한 페이소스를 〈무한도전〉에서 본 적이 없다. 긴 하루 지나고 석양이 지면 놀던 아이들은 집으로 돌아가는데 나는 왜 여기 혼자 남았나. 바로 그 장면에서 나는 이 땅의 수많은 명수를 위해 〈사랑한 후에〉를 틀어 주고 싶었다. 어떤 하루든, 응팔의 청춘이든 무도의 어린이든, 긴 하루를 보낸 고된 이들에게 희망으로 부르든 슬픔으로 부르든, 모쪼록 이 노래가 마침맞게 공감될 수 있기를 바라면서 말이다.


## 인생은 짧고 하루는 길다

최영미의 시 〈행복론〉은 만만한 듯 만만치 않은 시다. 전반적으로는 반어로 읽는 게 정석이지만, 군데군데 어느 편이 삶의 지혜인지 헷갈려서 읽다가 자꾸 덜컥거린다. 과연 어느 것이 행복하게 사는 데 옳은 방책일지 답도 해 가며 한번 읽어 보시라.

사랑이 올 때는 두 팔 벌려 안고
갈 때는 노래 하나 가슴속에 묻어놓을 것

추우면 몸을 최대한 웅크릴 것

남이 닦아논 길로만 다니되

수상한 곳엔 그림자도 비추지 말며

자신을 너무 오래 들여다보지 말 것

답이 나오지 않는 질문은 아예 하지도 말며

확실한 쓸모가 없는 건 배우지 말고

특히 시는 절대로 읽지도 쓰지도 말 것

지나간 일은 모두 잊어버리되

엎질러진 물도 잘 추스려 훔치고

네 자신을 용서하듯 다른 이를 기꺼이 용서할 것

내일은 또 다른 시시한 해가 떠오르리라 믿으며

잘 보낸 하루가 그저 그렇게 보낸 십년 세월을

보상할 수도 있다고, 정말로 그렇게 믿을 것

그러나 태양 아래 새로운 것은 없고

인생은 짧고 하루는 길더라

– 최영미, &lt;행복론&gt;

가령 "답이 나오지 않는 질문은 아예 하지도 말며 / 확실한 쓸모가 없는 건 배우지 말고 / 특히 시는 절대로 읽지도 쓰지도 말 것"이라는 경구에 대해서는 어떻게 생각하시는가. 부디 반어라고 답해 주시길 바랄 따름이다. 반면에 "네 자신을 용서하듯 다른 이를 기꺼이 용서할 것" 또는 "자신을 너무 오래 들여다보지도 말 것"은 어떠하신지. '너무 오래'까지는 아닐지언정 그래도 삶의 지혜나 처신으로 이 정도면 그럴듯하게 느껴지지 않는가.

그런가 하면 판단하기 어려운 것도 있다. "잘 보낸 하루가 그저 그렇게 보낸 십 년 세월을 / 보상할 수도 있다고, 정말로 그렇게 믿을 것"에 대해 어떻게 생각하시는가. 그럴 수도 있고 그럴 때도 있지만, 안 그럴 수도 있고 안 그럴 때도 있다.

시는 절대적 진리의 세계가 아니다. 당연히 독자가 다 승복할 이유도 필요도 없다. "열 번 찍어 안 넘어가는 나무 없다"가 옳을 때가 있고, "오르지 못할 나무 처다보지도 마라"가 옳을 때도 있는 것처럼, 어떤 상황 속의 어느 이에게 말해 줘야 적절한가 하는 상대적인 문제가 있을 뿐이다. 그러니 이 시 또한 어느 상황의 누군가에겐 반어일 수 있고, 교훈이 될 수도 있을 테다.

한데 그럴까 봐서인지, 시인은 시의 끝에 오금을 박듯이 종지부를 찍는다. "그러나 태양 아래 새로운 것은 없고 / 인생은 짧고 하루는 길더라"고. 이 '그러나'부터가 자조와 냉소의 표정을 짓게 한다. 그것은 마치 "그래도 지구는 돌고 있다"처럼 들린다. '그래도', '아무튼', 쉽게 말해 뭘 어찌하든지 간에, 새로운 것은 없다는 게다. 이게 최종 진실이기 때문에 앞의 모든 것은 반어로 읽어야 한다. 쓸모없는 것도 배우고, 시도 읽고 쓰며, 자신을 오래도록 성찰하는 것, 그런 것이 우리가 행복해지는 길이라고 말이다. 한데 묘한 것이 반어로 읽어도 반갑지 않다. 최종 진실이 그와 같은 한, 그래 본들 별로 행복할 리 없기 때문이다.

그래서 어떻게 보면 이 시의 진정한 반어는 행복을 위한 실천론으로의 반어가 아니라, 제목만 '행복론'이지 행복은 존재하지 않는다는 데 있는 것인지 모른다. 새로운 희망과 기대도 없는 허무한 세상, 남는 건 역설밖에 없다. 보람도 낙도 없으니 하루하루가 길 수밖에 없을 터, 하루는 긴데 인생은 짧은 것이다. 행복하기로 하면 하루가 짧고 인생이 길어야 하지 않겠는가. 이럴 때 필요한 것이 '오죽하면'의 사상이다. 오죽하면 시인이 저토록 허무하게 말을 했겠는가. 저런 말을 하는 시인이야말로 태양 아래 새 희망을 찾는 자일 게다. 반어는 대개 상황의 산물이다. 문제는 도무지 전망이 보이지 않는 상황에 있다. 그것이 이 시의 반어와 역설의 요체다.

## 그러나
## 혁명은 더디 온다

전망의 부재는 허무를 낳고, 이것을 이겨 내는 길은 혁명밖에 없다고 여겨지는데, 인생은 짧고 하루하루는 길게만 느껴지니 무릇 젊음은 조급해지게 마련이다. 그런데 혁명이 어디 쉬우랴. 불의와 부조리조차 존재 이유와 근거를 가진 게 현실이다. 미래는 오늘 하루부터 시작이고 사회는 나 하나에서 비롯된다. 바꿀 건 오늘 하루, 나 하나부터일지 모른다.

그래서 시인 도종환은 〈오늘 하루〉(1993)라는 시에서 "단 하루를 사람답게 살지 못하면서 / 오늘도 혁명의 미래를 꿈꾸었다"라고 자성한다. 역시 그도 "어두운 하늘을 보며 저녁 버스에 몸을 싣고 돌아오는 길", 혼잣속으로 오늘 하루를 헤아려 보는데, "얻은 것보다 잃은 것이 더 많았다"라고, "만나서 오래 기쁜 사람보다는 실망한 사람이 많았다"라고 비난하나 싶더니, 착한 시인답게 이내 화살을 자신에게 돌린다. "나는 또 내가 만난 얼마나 많은 사람을 실망시켰을 것인가"라고. 그래서일까, 도종환은 똑같은 제목의 〈오늘 하루〉(1994)를 또 쓴다.

햇볕 한 줌 앞에서도
물 한 방울 앞에서도
솔직하게 살자

꼭 한 번씩 찾아오는
어둠 속에서도 진흙 속에서도
제대로 살자

수천 번 수만 번 맹세 따위
다 버리고 단 한 발짝을
사는 것처럼 살자

창호지 흔드는 바람 앞에서

은사시 때리는 눈보라 앞에서

오늘 하루를 사무치게 살자


돌멩이 하나 앞에서도

모래 한 알 앞에서도

– 도종환, 〈오늘 하루〉


그래, 자기 자신은 단 하루도 사람답게 살지 못하면서 남을 바꾸고 세상을 바로잡는 혁명을 꿈꾸는 것은 온당치 않다. 오늘 하루도 제대로 살지 못하면서 미래를 바꾸겠다는 것은 위험하다. 그래서 햇볕, 물, 돌멩이, 모래를 두고 맹세하고 실천하고자 하는 것이다. 어둠과 진흙 속, 바람과 눈보라 앞에서도 오늘 하루 제대로 사무치게 살겠노라 말이다.

하지만 착하기만 한 것이 능사는 아니다. 정작 뉘우치고 고쳐야 할 인간들은 버젓이 오늘도 제멋대로 살건만, 왜 착한 사람만 반성해야 하는가. 과거에 얽매여서도 안 된다. 혁명이 끝난 자리, 그 사랑이 다한 후에, 잊을 건 잊고 접을 건 접을 줄도 알아야 한다. 그리고 새 희망을 품어야 한다. 아니, 그래야 새 희망이 돋는다.


혁명革命은 안되고 나는 방만 바꾸어버렸다

그 방의 벽에는 싸우라 싸우라 싸우라는 말이

헛소리처럼 아직도 어둠을 지키고 있을 것이다

나는 모든 노래를 그 방에 함께 남기고 왔을 게다

그렇듯 이제 나의 가슴은 이유 없이 메말랐다

그 방의 벽은 나의 가슴이고 나의 사지四肢일까

일하라 일하라 일하라는 말이

헛소리처럼 아직도 나의 가슴을 울리고 있지만

나는 그 노래도 그 전의 노래도 함께 다 잊어버리고 말았다

(중략)

혁명革命은 안되고 나는 방만 바꾸었지만

나의 입속에는 달콤한 의지意志의 잔재殘滓 대신에

다시 쓰디쓴 냄새만 되살아났지만


방을 잃고 낙서落書를 잃고 기대期待를 잃고

노래를 잃고 가벼움마저 잃어도


이제 나는 무엇인지 모르게 기쁘고

나의 가슴은 이유 없이 풍성하다

— 김수영, 〈그 방을 생각하며〉 중에서


    혁명과 사랑이 다한 자리에서 김수영은 방을 바꾸어 버렸다. 지나간 것은 그 방에 놓아두고 잊었다. 마치 기형도가 지나간 사랑을 빈집에 가두어 버린 것처럼. 그래야 새로운 오늘 하루가 시작될 수 있다.

# 다행히
## 우리는 혼자가 아니다

이제는 유행어처럼 즐겨 쓰게 된 말, "이 또한 지나가리라 This, too, shall pass away." 문제는 이 말을 고난의 시절에만 쓴다는 것이다. 원래 이는 구약 성서의 인물 다윗이 기쁠 때 교만하지 않게 하는 동시에, 절망에 빠지고 시련에 처했을 때 용기를 줄 수 있는 말로 반지에 새긴 글귀가 아니었던가. 기쁜 오늘 하루도, 힘든 오늘 하루도, 이 또한 모두 지나가리라. 그러기에 전인권은 〈걱정 말아요 그대〉라는 노래에서 지나간 것은 지나간 대로 그런 의미가 있다 하지 않았던가.

꽃 같은 시절이야 누구나 가진 추억

그러나 내게는 상처도 보석이다

살면서 부대끼고 베인 아픈 흉터 몇 개

밑줄 쳐 새겨 둔 듯한 어제의 그 흔적들이

어쩌면 오늘을 사는 힘인지도 모른다

몇 군데 옹이를 박은 소나무의 푸름처럼

– 박시교, 〈힘〉

좋았던 시절만이 아니라 아팠던 시절도 의미 있는 것. 상처도, 흉터도, 어제의 그 흔적들이 오늘을 사는 힘이 된다고 시인은 말한다. '옹이'가 굳은살의 비유로 쓰인다는 걸 안다면, 옹이를 박은 소나무가 무엇을 뜻할지 아는 것은 어렵지 않다. 말랑말랑한 어제는 위험하다. 이 또한 지나갈 테니까. 굳은살 박인 어제 덕택에 오늘을 산다.

혼자가 아니라면 더 좋다. 굳은살 박인 사람들끼리 함께하면 외롭지도 않고 힘이 솟는다. 혼자는 힘들다. 다시 들어 보라. 〈사랑한 후에〉를. 설레는 마음이든 희망 없는 마음이든, 그래도 전인권은 새로운 하루를 맞이할 참이다. 하지만 여전히 그는 외롭다. 어른이라도 박명수처럼 혼자 남겨져선 안 된다. 적어도 긴 하루 보내고 석양이 저물 무렵이면 함께할 누군가가 있어야 한다. 사랑이든 혁명이든 혼자 하는 법은 없으니까. 하물며 짐승도 위로해 줄 이가 있지 않은가.

물먹는 소 목덜미에

할머니 손이 얹혀졌다.

이 하루도

함께 지났다고,

서로 발잔등이 부었다고,

서로 적막하다고,

— 김종삼, 〈묵화 墨畵〉

물안개 걷히듯 먹이 번지면 편안히 드러나는 소와 할머니의 형체.

물 먹는 소야, 오늘도 긴 하루, 오죽이나 고됐겠냐. 쌀뜨물 떠다 준 할머니 손이 소의 목덜미에 얹히고 눈길은 발잔등을 향했을 것이다. 만만찮기는 할머니의 굳은살 박인 손과 부은 발잔등도 마찬가지였으리라. 하지만 이 시는 적막해도 공허하지는 않다. 둘만 있어도 긴 하루가 쓸쓸하지 않으니. 그건 영화 〈워낭소리〉를 본 사람이면 누구나 안다. 할머니의 애잔한, 마른기침 섞인 목소리가 들려오고, 소는 껌뻑껌뻑 나직한 소리로 화답하는, 그 평화롭고 안온하고 성스럽기까지 한 유대의 시공간을. 정말 다행이다, 혼자가 아니어서.

## 어느 노인의 늙어도 긴 하루

모든 노인이 〈묵화〉의 할머니 같진 않다. 박완서는 소설 〈갱년기의 기나긴 하루〉에서 서울의 인텔리 계층인 시어머니의 계 모임 자리를 모시게 된 며느리의 시선에서 노인들의 일상을 가감 없이 관찰하고 묘사한다. 그들은 같이 늙어 가는 동창들 이야기로 수다를 떨기 시작했다. 누구는 암, 누구는 치매, 누구는 뇌졸중에 걸리고, 누구는 과부가 됐다. 먹고 마시면서 그들의 수다는 멈추지 않았다. 후식 자리의 화제는 아픈 이야기였다. 고혈압, 당뇨, 불면증, 건망증, 난청, 퇴행성관절염, 심지어는 요실금까지, 병마다 그에 걸맞은 의사나 병원, 민간요법, 사기꾼 등 꼬리에 꼬리를 물고 화제가 이어졌다. 병 자랑은 서로의 용모에 대한 탐색으로 바뀌었다. 보톡스 이야기에서부터 한 미모 하던 처녀 적 이야기에 이르기까지.

저들의 퇴영退嬰의 끝은 어디일까. 조마조마하던 차였다. 누군가 노래를 부르자고 했다. 어느 자리에도 꼭 노래 부르고 싶은 사람이 있다는 건 분위기 쇄신을 위해서나 전환을 위해 좋은 일이었다. 시어머니가 선창을 하고 다들 따라 불렀다. 그윽한 애조는 어디선가 들은 듯했지만 가사는 일본말이어서 알아듣지 못했다. (중략) 노래가 끝났는데도 누가 먼저랄 것도 없이 후렴만을 반복해 부르기 시작했다.

내가 무슨 뜻인지 모를 후렴은 이러했다. '무까시노 히까리 이마 이즈꼬.' (중략) '그 옛날의 광영은 지금 어디에'라고 했다.

그렇다면 그 소절을 왜 그렇게 애타게 반복해 불렀을까. 저분들이 하자 없이 모범적으로 살아온 건 알겠는데 그래도 그렇지, 평생 초등학교 선생 노릇하면서 언제 한번 광내고 살아본 적이 있다고. 그러면서도 인생 전반에 대한 측은지심 같은 걸로 마음이 울적하게 가라앉았다.

시어머니가 나에게 이제 가도 좋다는 눈짓을 했다. 그런다고 당장 나오긴 좀 뭣해서 잠시 머뭇거리고 있을 때, 그제야 곗돈들을 모으다 말고 누가 느닷없이 말했다.

야, 그 배고프던 시절은 지금 다 어디로 갔을까.

시선이 아득해지는 그들을 뒤로하고 시어머니 아파트를 나오면서 생각했다. 그 노인들이 애타게 찾은 그 옛날의 광영이 그럼 배고픈 시절이었단 말인가. 말도 안 돼. 그러면서도 나는 쫓기는 기분이 들었다.
말도 안 되는 것한데 쫓기는 기분에서 벗어나려고 나는 조금 서둘렀다.

– 박완서, 〈갱년기의 기나긴 하루〉 중에서

인생은 아이러니다. 지나고 나면 그 배고픈 시절이 지금 어디서도 찾을 수 없는 광영의 나날이 되어 버린다. 나이가 들면, 사랑도 혁명도 추억 이상일 것이 없다. 그들에게야말로 태양 아래 새로운 것이 없기 때문이다. 그들에게 하루는 길고 인생은 짧다. 지나고 보면 잠깐인 세월, 옛 친구들과 부지런히 수다 떨며 추억을 파는 것, 그래야 하루가 간신히 지나가는 것.

그래도 이 정도는 애교다. 이순耳順이 넘은 학자가 고향 땅으로 들어가 팔순이 넘고 구십을 바라볼 때의 하루, 그 나날은 어떠했을까. 고故 김열규 교수의 유고가 된 《아흔 즈음에》를 펼치다 보면 나도 모르게 눈물이 든다. 생의 마지막까지 글을 쓴 인문학자, 그의 묘비에는 "인생의, 최후 일전의 결말이 죽음이 되게 해야 한다"라는 비문이 새겨져 있다는데, 그의 대표작 《메멘토 모리, 죽음을 기억하라》를 생각하면 고개가 끄덕여진다. 하지만 그도 사람이고 노인이다. 그의 진솔한 하루하루 일상의 기록과 사색을 보라.

여광은 문자 그대로는 '남겨진 빛'인데, 흔히 해와 달이 지고 난 다음에도 은은하게 남은 빛을 의미한다. 순우리말로는 해 지고 달 지는 것과 때맞춘 노을빛이라고 해도 좋을 것 같다. 은은하고도 곱고 또 정겨운 것이 여광이다. 사라지고 난 뒤에까지도 감긴 눈망울 속에서 오래 오래 고운 빛을 비추는 것이 여광이다. 그래서 여광은 우리가 마음 써서 아끼게 된다.

이제 바야흐로 나의 여생이 서글프고 애달픈 한편으로 은은한 여광의 빛살로 고여 있기를 바란다. 그렇게 되도록 애쓰고 싶다. 여분이기에, 남겨진 것이기에 더한층 귀하고 소중할 수 있어야 한다. 앞으로 누릴 삶이 찌꺼기라고는 절대로 생각하지 않는다. 끝마무리는 그 앞의 모든 것의 열매이고 보람일 수 있어야 한다.

문득문득 생각에 잠길 때가 많다. 묵념이랄 것도 없고 묵상이랄 것도 없는 채로 우두커니 고개 숙이고 앉아 있는 경우가 잦다. 그럴 때, 구부린 허리 위로, 숙인 고개 위로 여생을 비추는 여광이 고여 있기를 바라고 또 바랄 뿐이다.

— 김열규, 《아흔 즈음에》중에서

묵화처럼 은은히 여생을 비추는 여광. 이것이야말로 우리가 찾아야 할 지난날이 아니라 마무리 날의 광영이어야 하지 않을까. 하지만 묵상이랄 것도 없이 우두커니 숙인 고개 위로 여광이 비치는 모습이 무척 애처로워 보이는 것도 사실이다. 겸손이 아니다. 실제로 노학자에게 묵상이 쉽지만은 않아 보인다.

백지처럼 하얗게 바래고 바랜, 그래서 텅텅 빈 머리에 느닷없이 잡동사니 생각이 비집고 들어온다. 꾸역꾸역, 우줄우줄 밀려든다.

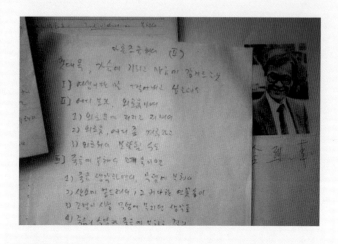

생의 마지막까지 글을 쓴 인문학자, 그의 묘비에는
"인생의, 최후 일전의 결말이 죽음이 되게 해야 한
다"라는 비문이 새겨져 있다.

그래 봤자, 줄거리가 갖추어진 생각은 결코 아니다. 토막생각이, 잡
된 조무래기 생각이 엉키고 얽혀서는 들었다가 나가기를 되풀이한
다. 머리는 잡생각의 쓰레기통이 되고 만다. 아무 일도 하지 않은 채
멍하니 홀로 있기를 계속하다 보면 이렇듯이 의식의 백지 상태와 쓰
레기통 같은 상태가 뒤죽박죽으로 뒤엉킨다. (중략) 그러지 말아야지
하고 기를 쓴다. 이것저것 묵혀 둔 생각에 매달린다. 한참을 고개 숙
이고 상념에 젖다가는 그만 깜빡 잠이 든다. 앉은 채로 드는 잠, 그게
구원이 된다.

– 김열규,《아흔 즈음에》중에서

앉은 채로 잠드는 것이 구원이라니. 카랑카랑하고 명징하기 이를
데 없던 대석학이 자꾸만 멍해지고 생각은 뒤엉키고, 그러면서도 기
를 써 가며 분투노력하는데, 자꾸 잠이 든다. 외로운 탓이다. 물론 다
른 글에서는 외로움에 흠씬 젖어 이것저것 궁리하면 사유가 깊이를
더하게 된다고도 했다. 그것이 "외로움으로 거두게 되는 보람"이라
고, "홀로 있기에 곱게 길들여지는 것, 그것을 여든을 넘긴 나이의 안
존한 보람으로 삼고 싶다"고도 했다.

그러나 시간이 많은 외로운 노인, 그것이 문제다. 하루하루는 시간
과의 사투가 되어 버렸다. 시간은 가지 않고 하루가 너무 길다. 젊은
이들은 시간이 없어서, 인생이 짧아 보여 조급한데, 시간 지켜서 할
일이 없어지자 오히려 시간 관리가 난감해지면서 시간이 말썽을 피
우는 것이다. 스물네 시간이 지루하다 못해 역겹기도 하다고 그는

말한다.

나이가 들 만큼 들고도 또 든 이즈음 해서는 시간이 죽치고 미적대는 것으로만 느끼게 된다. 그러다가 꼼짝도 않고 한자리에 고집불통으로 눌어붙기도 한다. 그게 꼭 긁어내다가 만 누룽지 같다. 가마솥 바닥이 아닌 의식의 바닥에 눌어붙어서는 애를 먹인다. 처치하기 곤란스럽다.

오긴 오는 모양이지만, 한번 와서는 영 갈 생각을 않는다. 시계로 재는 시간이야 가든 말든, 마음으로 재는 시간은 요지부동이다. 꼼짝달싹 않는다. 돌부처 같다. 삶은 필경 시간과의 겨루기란 생각이 나이가 들수록 간절하게 다가든다.

– 김열규, 《아흔 즈음에》 중에서

젊어서든 늙어서든 삶은 시간과의 겨루기다. 젊어서는 젊은 대로 바삐 사느라 하루가 길고, 늙어서는 늙은 대로 시간이 가지 않아 또 하루가 길다. 하지만 남은 날이 얼마 남지 않았음을 알게 되면 하루하루가 어떨까. 신경과 전문의이자 세계적인 저술가인 올리버 색스 Oliver Sacks 는 불치병을 선고받고 이렇게 썼다.

꼭 필요하지 않은 것에 내줄 시간이 이제 없다. 나 자신, 내 일, 친구들에게 집중해야 한다. 더는 매일 밤 <뉴스아워>를 시청하지 않을 것이다. 더는 정치나 지구 온난화에 관련된 논쟁에 신경 쓰지 않을 것이다. (중략)

두렵지 않은 척하지는 않겠다. 하지만 내가 무엇보다 강하게 느끼는 감정은 고마움이다. 나는 사랑했고, 사랑받았다. 남들에게 많은 것을 받았고, 나도 조금쯤은 돌려주었다. (중략)

무엇보다 나는 이 아름다운 행성에서 지각 있는 존재이자 생각하는 동물로 살았다. 그것은 그 자체만으로도 엄청난 특권이자 모험이었다.

― 올리버 색스, 김명남 옮김, 《고맙습니다》 중에서

일생을 살지만 매일 살 수 있는 것은 하루밖에 없다. 그렇게 하루 하루, 그러다 어느 날, 그날도 긴 하루 지나고 언덕 저편에 인생의 마지막 빨간 석양이 물들 때, 그때 나는 왜 여기에 서 있느냐고 묻지 않을 것이다. 많이 미안하고 부끄럽긴 하겠지만, 사랑과 혁명이 어찌 됐든, 그것도 따지지 않을 것이다. 유대를 나눈 이들과 헤어지는 슬픔이 아주 크겠지만, 떠나는 게 내 잘못은 아니니 서로의 발잔등을 보며 위로도 해 줄 수 있을 것이다. 그리고 그냥 올리버 색스처럼 감사할 것이다. 긴 하루 짧은 인생이든, 짧은 하루 긴 인생이든, 매일이 축복이었다고, 여기까지 축복이었다고. 그리고 종소리를 들으며 다시 또 설렐 것이다.

# 6. 행복한 고독

강은 흐르고 산은 높다

우정이 시도 때도 없이 지켜야 할

도덕률은 아니지 않은가.

내가 그대의 해우소는 아니지 않는가.

복장 터지는 이야기, 애간장 저미는 사연,

너에게 아니하고 저 강에다 실컷 부려 놓으려는 것,

그러니 강가에서는 눈도 마주치지 말자는 게다.

## 외로움을 부탁해

외로우니 당연히 사람을 찾게 마련이다. 괴로우니 누구한테라도 말 좀 해봤으면 싶은 거다. 친구라면 더 좋겠지. 만나서 하소연하고, 토로하고, 고백하고, 탓하고, 고해바치고 싶겠지. 그러면 속이 좀 후련해지려나. 더는 외롭지 않으려나. 한데 친구야, 네 외롭고 괴로운 이야기를 들어주기엔 나야말로 외롭고 괴로워 미칠 지경일 거란 생각은 해 본 적이 없겠지? 그럴수록 서로 털어놓고 위로해 줘야 한다고? 그럼 이 시를 들어 보시게나.

당신이 얼마나 외로운지, 얼마나 괴로운지,

미쳐버리고 싶은지 미쳐지지 않는지

나한테 토로하지 말라

심장의 벌레에 대해 옷장의 나방에 대해

찬장의 거미줄에 대해 터지는 복장에 대해

나한테 침도 피도 튀기지 말라

인생의 어깃장에 대해 저미는 애간장에 대해

빠개질 것 같은 머리에 대해 치사함에 대해

웃겼고, 웃기고, 웃길 몰골에 대해

차라리 강에 가서 말하라

당신이 직접

강에 가서 말하란 말이다


강가에서는 우리

눈도 마주치지 말자.

- 황인숙, 〈강〉


    우정이 시도 때도 없이 지켜야 할 도덕률은 아니지 않은가. 예의와 염치로 들어줄 수야 있다손 해도, 내가 그대의 해우소解憂所는 아니지 않은가. 듣다 보면 기분 나빠지는 무익한 이야기를 듣는 데에 나의 귀한 시간이 허룩하게 줄어들어야 쓰겠는가. 그러니 외롭고 괴로워 미쳐 버리고 싶은 이야기, 미쳐지지 않아 미치겠다는 이야길랑 나에게 하지 말란 말이다. 그럼 친구가 아니라고? 하긴 그럴까 봐 정작 생각만 할 뿐 네게 이런 말을 후련하고 통쾌하게 해 본 적이 없구나. 친구니까, 친구니까 네 속마음을 마음대로 말할 수 있고, 친구니까 내 속마음을 마음대로 말할 수 없는 거구나.

친구야, 고독이란 말하기조차 싫은 거란다. 넌 그냥 지금 좀 외로울 뿐일지 모른다. 나는 말하기도 듣기도 아예 말 섞기가 싫을 정도다. 귀찮고 지겹고 부질없는 일일 뿐, 말한다고 뭐가 달라지겠는가? 그러니 차라리 강에 가서 해라. 속담에도 이르기를 종로에서 뺨 맞고 한강에서 눈 흘긴다 하지 않던가? 친구야, 내가 강은 아니지 않느냐. 그러니 네가 직접 진짜 강에 가서 하란 말이다. 그 강가에서는 우리 눈도 마주치지 말자꾸나.

너무 야멸치고 매몰차다고? 여전히 넌 내 말을 허투루 듣는구나. "강가에서는 우리 눈도 마주치지 말자"는 내 마지막 말이 청유형으로 끝나고 있음에 너는 유의하지 않는구나. 친구야, 그 강에 나도 같이 갈 거란다. 어쩌면 너보다 더 미치고 싶은 이야기를 강에다가 퍼붓고 오려는 거란다. 복장 터지는 이야기, 애간장 저미는 사연, 너에게 아니하고 저 강에다 실컷 부려 놓으려는 것, 그러니 강가에서는 눈도 마주치지 말자는 게다. 눈 마주치면 행여나 서로에게 이야기할까 봐, 그러지 말고 우리 두 사람 함께 저 강, 같은 곳을 향해 같이 푸념하려는 게다. 너나 나나 목숨 붙은 인간이란 영락없이 죄다 고독한 존재, 이만한 우정과 위로, 연민이 달리 어디에 있겠느냐. 그러니 네 외로움을 나에게 말하지 말아다오. 제발 부탁이다, 친구야.

# 강가에 서서

저 시의 제목은 외로움도 괴로움도 하소연도 아니다. 강이다. 왜 하필 강인가. 강은 모든 것을 품어 준다. 씻어 주고 흘려보낸다. 그래서 강은 어머니인 것이다.

어린 눈발들이, 다른 데도 아니고
강물 속으로 뛰어내리는 것이
그리하여 형체도 없이 녹아 사라지는 것이
강은,
안타까웠던 것이다
그래서 눈발이 물위에 닿기 전에
몸을 바꿔 흐르려고
이러저리 자꾸 뒤척였는데
그때마다 세찬 강물소리가 났던 것이다
그런 줄도 모르고
계속 철없이 철없이 눈은 내려,
강은,
어젯밤부터
눈을 제 몸으로 받으려고
강의 가장자리부터 살얼음을 깔기 시작한 것이었다

- 안도현, <겨울 강가에서>

이 시는 어릴 적 동화나 수수께끼 같은 발상에서 비롯된다. 왜 강은 겨울에 가장자리부터 살얼음이 낄까? 그에 대한 시인의 상상은 이러했다. 어린 눈발들이 강물 속으로 뛰어내려 녹아 사라지는 것을 강이 안타까워했기 때문이라고. 그런 줄도 모르고 눈은 철없이 계속 내려, 강은 "눈을 제 몸으로 받으려고 / 강의 가장자리부터 살얼음을 깔기 시작한 것"이라고.

그런 마음씨의 강인즉슨, 강에 대고 무슨 말인들 못하랴. 살얼음 깔아 주는 어머니 같은 사랑은 거기서 그치지 않는다. 저 강이 깊어지면 어떻게 될까. 이승하의 〈저 강이 깊어지면〉을 보라.

바람 다시 실성해버려
땅으로 내리던 눈 하늘로 치솟는다
엊그제 살얼음 덮었던 강
오늘은 더 얼었을까 얼마만큼
더 두터워졌을까
깊이 모를 저 강의 가슴앓이를
낸들 알 수 있으랴

눈 … 눈 닿는 어디까지나
눈이 흩날려 세상은 자취도 없다
길도 길 아닌 것도 없는 천지간에
인도교도 가교도 없는 막막함 속

이 반자받은* 눈발을 뚫고서
누추한 마음으로 매나니로**
강 저쪽 가물가물한 기슭까지
오늘 안으로 가야만 하는
사람들이 있다 모질기만 한 시간

저녁 끼니때는 왜 이렇게 빨리 오며
밤은 또 왜 이렇게 빨리 오는 것인가
강은 그저 팔 벌려 온종일
받아들이고만 있다 쌓이는 눈을
눈물을, 사랑과 미움의 온갖 때를
강 저쪽 기슭에는
살 비비며 만든 식솔들
사랑과 미움으로 만나는 식솔들이 있기에
가야 하는 것이다 날 새기 전에

참 많은 죽음을 저 강은
지켜보았으리 다받아들였으리
눈발에 아랑곳하지 않고 저 홀로 깊어지는 강
침묵으로 허락했던 시간이 쌓여
기나긴 저 강 이루었을 터이니
모든 삶은 모든 죽음보다

어렵다 아니, 어렵지 않다.

'반자발은: 몹시 노하여 펄펄 뛰는

''매나니로: 맨손으로, 맨밥으로

— 이승하, 〈저 강이 깊어지면〉

눈을 받으려고 가장자리부터 살얼음을 깔기 시작한 강 위로 눈발이 치솟는다. 보살펴야 할 건 눈만이 아니다. 강 건너 기슭으로 가야하는 이들. 앞길이 뵈지 않는 것이 성난 눈발 때문만은 아니었으리라. 말 그대로 살길 막막한 세상, 모진 세월 속, 식솔들을 향해 맨몸으로 강을 건너는 그들의 누추하고도 따뜻한 마음. 그래서 '쌓이는 눈, 눈물, 사랑과 미움의 온갖 때'를 강은 온종일 받아들이고만 있다. 그것들을 모아 강은 가슴을 앓아 가며 제 속을 두텁게 얼려 나간다. 깊이 모를 저 강의 가슴앓이를 누가 알랴. 내가 얼어야 저들이 건넌다. 그래서 강은 또다시 어미의 마음인 것이다. 강 같은 어미에겐 선택의 자유가 없다. 죽음마저 품어 가며 저 홀로 깊어지는 강. 삶과 죽음, 그 무엇이 더 어렵다 말을 하겠는가.

그대, 강 같은 사람을 두었는가? 그에게는 외로움을 하소연해도 좋고 괴로움을 토로해도 좋으리라. 그런데 그럴 만큼 깊어지려면 아주 오래도록 흘러야만 한다.

사람이 사람을 만나 서로 좋아하면

두 사람 사이에 물길이 튼다.

한 쪽이 슬퍼지면 친구도 가슴이 메이고

기뻐서 출렁거리면 그 물살은 밝게 빛나서

친구의 웃음소리가 강물의 끝에서도 들린다.


처음 열린 물길은 짧고 어색해서

서로 물을 보내고 자주 섞여야겠지만

한 세상 유장한 정성의 물길이 흔할 수야 없겠지.

넘치지도 마르지도 않는 수려한 강물이 흔할 수야 없겠지.


긴 말 전하지 않아도 미리 물살로 알아듣고

몇 해쯤 만나지 못해도 밤잠이 어렵지 않은 강,

아무려면 큰 강이 아무 의미도 없이 흐르고 있으랴.

세상에서 사람을 만나 오래 좋아하는 것이

죽고 사는 일처럼 쉽고 가벼울 수 있으랴.


큰 강의 시작과 끝은 어차피 알 수 없는 일이지만

물길을 항상 맑게 고집하는 사람과 친하고 싶다.

내 혼이 잠잘 때 그대가 나를 지켜보아 주고

그대를 생각할 때면 언제나 싱싱한 강물이 보이는

시원하고 고운 사람을 친하고 싶다.

– 마종기, 〈우화의 강〉

강 같이 맑은 사람을 만나 오래 사귐을 이어가는
일은 죽고 사는 것보다 어렵다. 그러기에 퍽 중
요한 일이다. 빌헬름 하메르쇠이Vilhelm Ham-
mershøi, 〈풍경View of Refsnæs〉(1900)

발원지에서 싹튼 우정의 물길은 여간 애쓰지 않으면 끊어지기 일 쑤다. 정성의 물길을 쏟아 일단 유장한 강이 되면 강은 언제나 강이 다. 하지만 어미 같고 강 같은 맑은 사람을 만나 오래 사귐을 이어가 는 일은 죽고 사는 일보다도 힘들고 중한 일이다. 넘치지도 마르지 도 않는 강이 어찌 흔하랴.

그래서 외로운 게다. 강 같은 사람도 없고, 강가에도 가지 않으니 외로운 게다. 홀로 살 수 있으면 좋겠는데 그것도 쉽지 않은 게다.


## 홀로 된다는 것

밤늦도록 연구실에서 글을 쓰다 보면 문득문득 외로움이 찾아온다. 그럴 때면 음악을 틀어 놓곤 하지만 막상 귀에 깊이 들어오는 것은 아니다. 외로움을 속이려는 것뿐이니까 귀도 알아챈다. 외로움이 싫 으면 연구실을 나서면 그만일 테지만, 덧없는 농담과 허튼수작 들에 지칠 때쯤이면 다시 연구실이 그리워진다. 진득하니 틀어박혀서 며 칠만 버티면 걸작이 나올 것 같은 착각은 언제나 나를 유쾌하게 흥 분시킨다. 그래서 고독으로 또 들어가는 것이다.

마리엘라 자르토리우스Mariela Sartorius가 쓴 《고독이 나를 위로한다》 를 보라. 고독에 대한 덕담과 찬사는 무수히 많다. 헨리 데이비드 소 로Henry David Thoreau는 말했다. "나는 혼자 있을 때가 좋다. 지금껏 고 독만큼 사교적인 단체를 본 적이 없다"라고. 그런가 하면 "고독은 탁

월한 위인들의 운명"이라 했던 쇼펜하우어Arthur Schopenhauer는 이렇게 말했다. "혼자 있으면 초라한 자는 자신의 초라함을 온전히 느끼고, 위대한 정신은 자신의 위대함을 온전히 느낀다. 혼자 있으면 있는 그대로의 자신을 느끼게 된다."

이에 따르면 고독은 외로움과는 다른 무엇이다. 신학자 폴 틸리히 Paul Tillich는 "외로움이란 혼자 있는 고통을 표현하는 말이고, 고독이란 혼자 있는 즐거움을 표현하는 말이다"라고 정의했다. 사실 남들과 어울리고 싶은데 그럴 수가 없어 어쩔 수 없이 칩거 생활을 하는 것은 고독이 아니다. 외톨이일 뿐이다. 그래서 나는 다음 구절에 동의한다.

사람들이 정말로 두려워하는 것은 '홀로 있는 것'이 아니라 '외톨이로 여겨지는 것'이다. 당신은 혼자 있어서 외로운 것이 아니라 혼자 있지 못해서 외로운 것이다! 루소는 "사막에서 혼자 사는 것이, 사람들 사이에서 혼자 사는 것보다 훨씬 덜 힘들다"라고 말했다. 외로움은 주위에 아무도 없을 때가 아니라, 사람들과의 관계 속에 있을 때 엄습한다.

– 마리엘라 자르토리우스, 장혜경 옮김,《고독이 나를 위로한다》중에서

혼자 사는 법, 고독을 견디는 법을 배워야 한다. 어차피 벗어나지 못하는 운명 같은 고독이라면, 내 곁을 떠나지 않는 그 녀석일랑 내 편으로, 내 친구로 만들어야 한다. 그러지 못하면 고독에 지고 끝내 외로워지고 만다. 하지만 이런 말조차 배부른 소리로 들리는, 어쩔

수 없이 외로울 수밖에 없는 사람이 우리 주변에 많다. 그런 이에게는 당장의 위로가 절실하다. 평생의 반려를 잃으면 반려동물이라도 함께하게 해 주는 게 인간된 도리 아니겠는가.

술속이 개똥같던 아버지 가신 뒤 적막한 그 자리 홀로 지키는 어머니 위하여 개 한 마리 갖다 드렸다 뭘라고 개는 가져왔다드냐 잡아묵도 못 할 놈의 것 똥 쌌쌓고 냄새나는디 푸념이시다 안다 정드는 게 겁나는 거다 하지만 손자 같은 막내 집에 하루만 떠나와 있어도 개밥 때문에 갈 길 서두르신다 걱정하던 개똥은 곱게 모아 흙조차 두엄조차 비료포대에 담아 푹 삭혀 봄이면 텃밭에 거름으로 낸다 자식들 찾아갈 때마다 비닐 봉다리 봉다리 싸주시는 푸성귀가 정작은 그 개똥으로 빚은 것일지라 상추며 아욱이며 열무 부추… 그 속에서 말갛게 들려오느니 아, 푸르도록 정정한 목소리 같은 것 술 깬 뒤 다시 청청한 헛기침 소리 같은 것, 그런 날은 개똥같은 아버지 술속도 그리워 개똥같았을지라도 개똥밭이었을지라도

— 복효근, 〈개똥〉

어머니 외로움 달래 드리려 아버지 가신 적막한 자리에 개 한 마리 들여다 놓은 자식. 아버지 대신 개라니 말이 안 될 듯하지만, 술속이 개똥 같던 아버지라고 밑자락 깔아 놓으니 제법 그림이 된다. 푸념하는 어머니의 깊은 속을 자식은 안다. 정드는 게 겁나는 거다. 외로움보다 더 무서운 것이 다시 더 외로워지는 거 아니겠는가. 하지

만 개 싫다던 어머니, 말이 그렇지, 목숨 붙은 거 키우는 일에 관한 한, 어머니는 역시 어머니다. 그런 정성이니 개도 사람 노릇을 하나 보다. 개는 개똥을 낳고, 개똥은 약이 되어 먹을거리를 낳고, 그러면 그 속에서 말갛게 들려오는 것이다. 채소 이파리마냥 푸르도록 정정한 아버지의 목소리와 그 청청한 헛기침 소리가. 이쯤 되면 아버지 빈자리는 제대로 메워진 셈이다.

그런가 하면, 심지어 지사志士로만 알던 조지훈 선생이 이런 시도 남긴 것을 알고 적잖이 놀란 적이 있다.

포플라나무 꼭대기에 깨어질듯 밝은 차운 달을 앞뒷산이 쩌렁쩌렁 울리도록 개가 짖는다.

옛이야기처럼 구수한 문풍지 우는 밤에 마귀할미와 범 이야기 듣고 이불 속으로 파고들던 따슨 아랫목

할머니는 무덤으로 가시고 화로엔 숯불도 없고 아 다 자란 아기에게 젖줄 이도 없어 외로이 돌아앉아 밀감蜜柑을 깐다.

― 조지훈, 〈동야초冬夜抄〉


겨울밤, 차가운 달을 보고 개가 짖는다. 가히 고전적이다. 그 분위기에 맞게 옛이야기처럼 구수한 문풍지 우는 밤의 추억이 펼쳐지는가 싶더니, 종장에서는 반전이 이어진다. 할머니 가시고 화롯불도

없는 겨울밤, 아기에게 젖 줄 이도 떠나간 모양이다. 숯불도 없는 화로에 외로이 돌아앉아 밀감을 까는 사나이의 모습이라니. 다 떠났다. 다 사라져 버렸다. 내 의지랑 무관하게 나만 남은 것. 외톨이로 떨어져 나온 것이 아니라 그저 홀로 되어 겪는 외로움은 이처럼 처절하다. 홀로 된다는 것은 그런 것이다. 홀로 된 것이 내 잘못은 아닌데, 고통은 고스란히 내 몫인 것. 이런 이에게는 개조차 반려자가 될 수 없다. 이 개야, 짖지 마라. 달님이 고개 돌리고 오는 이들 발길 돌릴라.

## 고고孤高를 향하여

지훈이 고독의 낡은 감상에 빠질 위인은 아니다. 한국 전쟁 중에 조부가 스스로 목숨을 끊고 아버지는 납북을 당하며 아우가 세상을 뜨는 비극을 겪었지만, 그는 흔들림이 없었다. 그는 이미 열일곱 어린 나이에 심우장尋牛莊을 찾아가, 만해가 서대문 감옥에서 시신을 거두어 온 독립운동가 김동삼金東三의 장례에 참례한 인물이다. 떡잎이 그러했으니 훗날 우리 근대 지성사의 거목이 된 그가 〈지조론志操論〉을 통해 민족에 대한 질책이자 정의와 양심의 절규를 토해 낸 것은 당연하게까지 여겨진다. 그러나 자유당의 독재와 공화당의 찬탈에 아부하는 지식인의 세태를 격하게 고발하고 비판한 그가 오히려 정치 교수로 몰렸다. 그래도 그는 변함이 없었다. 지조를 목숨처럼 중히 여기는 지사의 전형답게 사직서를 늘 품에 지니고 다녔다.

가장 고귀한 형태는 고고孤高라 명하고 싶다. 외로울 고孤, 높을 고高. 외롭기만 하면 외톨이에 지나지 않는다. 높기만 하면 교만하기 쉽다. 고고는 외롭지만 높고, 높지만 외로운 자리를 스스로 택해 찾아가는 형국이다. 외롭고 위태로울 각오를 단단히 하고 오르는 것이다.

북한산北漢山이
다시 그 높이를 회복하려면
다음 겨울까지는 기다려야만 한다.

밤 사이 눈이 내린,
그것도 백운대白雲臺나 인수봉仁壽峯 같은
높은 봉우리만이 옅은 화장化粧을 하듯
가볍게 눈을 쓰고

왼 산은 차가운 수묵水墨으로 젖어 있는,
어느 겨울날 이른 아침까지는 기다려야만 한다.

신록新綠이나 단풍丹楓,
골짜기를 피어오르는 안개로는,
눈이래도 왼 산을 뒤덮는 적설積雪로는 드러나지 않는,

심지어는 장밋薔薇빛 햇살이 와 닿기만 해도 변질變質하는,

그 고고孤高한 높이를 회복하려면

백운대白雲臺와 인수봉仁壽峰만이 가볍게 눈을 쓰는

어느 겨울날 이른 아침까지는

기다려야만 한다.

- 김종길, 〈고고孤高〉

다행이다. 이 시가 주는 위로는 참 높고도 깊다. 만일 고고함이 에베레스트나 알프스 산 정도는 돼야 하는 거라면 절망이다. 포기다. 감히 나 같은 범부, 아니 어지간한 인물에게도 기대 못 할 경지이기 때문이다. 하지만 시인은 북한산의 백운대, 인수봉을 고고의 표상으로 제시한다. 물론 그것도 만만찮으나, 고고가 드러나는 결정적인 변수는 공간이 아니라 시간이다. 어느 겨울날 이른 아침, 그때 가서야 비로소 고고한 정체, 고고함의 여부가 드러나는 것이다. 신록이나 단풍의 계절에는 알 수가 없다. 심지어 온 산이 다 파묻히는 적설의 시절에도 고고는 드러나지 않는다.

고고가 드러나는 순간은 온 산 다 눈 녹고 봉우리 혼자만 눈이 녹지 않고 남아 있는 그때, 혹은 온 산에는 눈이 아직 내리지 않고 봉우리에만 살짝 눈 덮인 바로 그때다. 아주 작은, 그러나 결정적 차이인 것. 어찌 보면 대수롭지 않은 것. 오죽하면 장밋빛 햇살이 와 닿기만 해도 변질하는 고작 그 정도를 고고라 이름했을까. 달리 말하면

고고가 드러나는 순간은 온 산 다 눈 녹고 봉우
리 혼자만 눈이 녹지 않고 남아 있는 그때다.
백운대, 인수봉처럼 가장 일찍 얼고 가장 늦게
녹는 것, 아주 작지만 결정적 차이인 것.

백운대, 인수봉처럼 그 햇살이 비칠 때까지 변질하지 않고 그대로 남아 있는 것, 혹은 백운대, 인수봉처럼 가장 일찍 얼고 가장 늦게 녹는 것, 그것이 고고이다. 물론 그 경지가 쉽지 않지만, 그래도 고맙다. 시인은 우리에게도 고고의 가능성을 열어 주고 있기 때문이다. 장밋빛 햇살 내릴 때까지만 버티면 된다. 그저 가볍게 눈을 쓰기만 하면 된다.

평생 좋은 게 좋은 거라고 하는 사람은 사람이야 더없이 좋지만 고고하기는 힘들다. 반면에 평생 아닌 건 아니라고 하는 사람은 고고할지언정 같이 지내기에는 솔직히 좀 피곤하다. 그런가 하면 평소에는 아닌 건 아닌 거라고 하다가 결정적인 순간에 좋은 게 좋은 거라고 하는 사람을 생각해 보라. 그런 최악이 없다. 그런데 의외로 그런 이들이 우리 사회에 쌔고 쌨고, 놀랍게도 주로 잘 나가는 이들이 그렇다. 그렇다면 진정으로 고고한 사람은, 평소에는 좋은 게 좋은 거라고 하다가 결정적인 순간에는 아닌 건 아니라고 하는 사람이 아닐까. 신록과 단풍을 같이 누리다가 겨울날 이른 아침 혼자 살짝 눈 덮인 백운대, 인수봉처럼 말이다.

조용필이 노래한 킬리만자로. 동아프리카에 있다는 탄자니아의 국립공원, 오직 그 봉우리만 눈을 덮어쓰고 있다는 킬리만자로. 그곳에 오르는 표범. 그 또한 고고의 표상이다.

먹이를 찾아 산기슭을 어슬렁거리는 하이에나를 본 일이 있는가
짐승의 썩은 고기만을 찾아다니는 산기슭의 하이에나

나는 하이에나가 아니라 표범이고 싶다

산정 높이 올라가 굶어서 얼어 죽는 눈 덮인 킬리만자로의 그 표범이

고 싶다

– 양인자 작사, 김희갑 작곡, 〈킬리만자로의 표범〉 중에서


왜냐고, 왜 저렇게 높은 곳까지 오르려 애쓰는지 우리는 모른다. 아니, 물을 필요도 없다. 스스로 택해 스스로 취하는 외로움이니까. 고고는 외로이 빛나는 정신의 품격, 행복한 고독이다. 그 고독한 자리에서의 몽상과 묵상, 시는 그곳에 있는지 모른다.

# 7. 거울아 거울아

지금, 다시 동주

유독 반성이 많은 건

그가 열등감에 가득 차서가 아니라

자신에게 엄격하고 남에게는 관대한,

착한 결벽증에서 기인한다.

## 자화상 속으로

자화상을 그리는 화가는 작가로서의 스타일과 그 그림을 통해 표현되는 자아의 이미지를 동시에 드러낸다. 개성과 진정성을 동시에 담아내기 위해 화가는 주체와 대상의 지위를 오가며 어느 것이 가장 자기다운 모습인지 묻고 찾고 수정하기를 반복한다. 화폭을 사이에 두고 오로지 그리는 '나'와 그려지는 '나'밖에 없는 긴장과 대결. 그러기에 전형적인 자화상의 배경은 늘 텅 비어 있거나 어둠으로 충만하다.

　작가 스스로가 그린 자신의 모습, 그것을 통해 드러나는 것은 그의 내면이다. 어려움은 그것을 자기 혼자 보는 것이 아니라 남에게 보이는 데 있다. 난감한 일이다. 자기소개서를 쓸 때를 생각해 보면 된다. 잘난 것도 같고 못난 것도 같고 잘난 척도 못 하겠고 못난 척도 못 하겠는 것. 남 이야기라면 편하게 쓰겠는데, 당최 이런 일 앞에서 우리네 평범한 사람들은 소심하고 우유부단하기 일쑤다. 이런 사람들에게는 그 흔한 셀카 한 장 어디에다 올리는 것도 멋쩍은 일이 된다.

그런 사람이 시인이라면, 시인이 그런 성격을 지녔다면, 그래서 그가 시로 자화상을 그린다면 어떻겠는가. 윤동주의 〈자화상自畵像〉을 보라. 자기 학대와 자기 연민 사이를 오가는 모습이야말로 평범하기 짝이 없는 우리네를 그대로 닮았다. 우리가 윤동주를 사랑하는 것은 그가 위대해서가 아니라 솔직하고 친근해 뵈기 때문이 아닐까.

산모퉁이를 돌아 논가 외딴 우물을 홀로 찾아가선 가만히 들여다봅니다.

우물 속에는 달이 밝고 구름이 흐르고 하늘이 펼치고 파아란 바람이 불고 가을이 있습니다.

그리고 한 사나이가 있습니다.
어쩐지 그 사나이가 미워져 돌아갑니다.

돌아가다 생각하니 그 사나이가 가엾어집니다. 도로 가 들여다보니 사나이는 그대로 있습니다.

다시 그 사나이가 미워져 돌아갑니다.

돌아가다 생각하니 그 사나이가 그리워집니다.

우물 속에는 달이 밝고 구름이 흐르고 하늘이 펼치고 파아란 바람이
불고 가을이 있고 추억처럼 사나이가 있습니다.

– 윤동주, 〈자화상〉

자화상은 거울 없이는 존재할 수 없는 것. 자신의 모습을 볼 수 있
고 그래서 자학도 하고 연민도 하게 되는 것, 이 모든 것이 거울 덕
이고 거울 탓이다. 하지만 어떤 거울인가도 만만찮은 문제다. 화실의
거울을 마주한 화가처럼 윤동주도 우물을 거울로 삼아 자신을 그리
는데, 하필이면 그는 산모퉁이를 돌아 논가에 있는 '외딴 우물'을 홀
로 찾아가고 있는 게다. 무릇 자신만만한 사람은 구석에 가서 성적
표를 펼치지 않는 법, 동주는 우물에 가기 전부터 이미 자신이 없는
게 아니었을까. 그러기에 아무도 보지 않는 외딴곳에 홀로 가 제 성
적표를 꺼내 보는 것이 아니었을까.

자화상을 그리면서 동주는 화장도 하지 않고 그 흔한 뽀샵도 하지
않는다. 그는 잘난 척하는 우등생도 아니고 열등감에 절어 있는 낙
제생도 아니며 태업을 일삼는 문제 학생도 아니다. 나름대로는 열심
히 했는데 성적은 그만큼 나오지 않고, 그래서 자신을 불쌍히 여기
다가도 결국은 스스로를 탓하며 앞으로 더 열심히 하리라 결심하는,
그저 착하고 성실한 학생을 닮았다. 마찬가지 이유로 그의 시는 일
기日記를 닮았다. 객체로서의 자아에 대해 오늘 하루 부끄러웠던 점

을 반성하고 주체로서의 자아와 화해하며 밝은 내일을 기약하는 일기. 그의 육필 원고를 보면 시 대부분에 탈고 날짜가 적시되어 있는데, 이 또한 우연은 아닐 것이다. 하지만 그의 시가 주는 감동이 일기 같은 형식의 친숙함에 기대는 것은 아니다. 단순한 일기라면 매일 반성만 할까 보냐. 그런데도 유독 반성이 많은 건 그가 열등감에 가득 차서가 아니라 자신에게 엄격하고 남에게는 관대한, 착한 결벽증에 기인한다.

그의 시 〈서시序詩〉를 떠올려 보라. 자기 자신은 잎새에 이는 바람에도 괴로워하면서 "별을 노래하는 마음으로 모든 죽어 가는 것을 사랑해야지"라고 결심한다. 모든 죽어 가는 것은 모든 살아 있는 것이다. 하지만 모든 살아 있는 것을 사랑하겠다는 것은 단순하고 당연하다 못해 무의미하다. 모든 존재는 죽는다는 명제 앞에 서면 용서하지 못할 것이 없다. 적어도 동주의 사랑은 그 정도로 절대적인 긍휼의 자리에 서 있다. 그러면서도 스스로에게는 정의의 검을 들이댄다. 사랑과 정의는 모순되기 쉬운 법이어서 사랑의 이름으로 용서하지 않을 자 없고 정의의 이름으로 용서받을 자가 없겠거늘, 동주는 자신에겐 엄격한 정의를 요구하고, 타인에겐 관대한 사랑을 결심하고 있는 것이다.

이것이 진짜 반성이고 성찰이다. 동주는 우리에게 명령하거나 요구하지 않고, 가르치려 들지도 않는다. 그의 시가 저항적이되 폭력적이지 않은 이유다. 자기 진영의 목소리로만 이루어진 자기 반향反響, 그 자가 증폭自家 增幅에 취할 때 정의는 폭력으로 변질하기 십상이다.

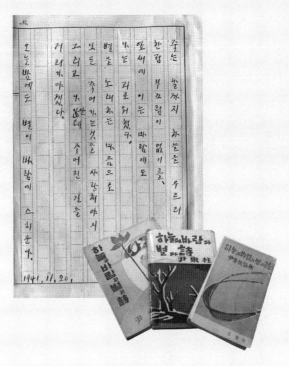

죽는 날까지 하늘을 우러러
한 점 부끄럼이 없기를,
잎새에 이는 바람에도
나는 괴로워했다.
별을 노래하는 마음으로
모든 죽어가는 것을 사랑해야지
그리고 나한테 주어진 길을
걸어가야겠다.

오늘밤에도 별이 바람에 스치운다.

1941. 11. 20.

동주의 〈서시序詩〉를 떠올려 보라. 자기 자신은
잎새에 이는 바람에도 괴로워하면서 '별을 노래
하는 마음으로 모든 죽어가는 것을 사랑해야지"
라고 결심한다. 그의 시가 저항적이되 폭력적이
지 않은 이유다.

사실 알고 보면 불쌍하지 않은 사람 없고, 알수록 괘씸한 것 또한 사람이다. 더구나 그런 사람의 대표가 바로 자기 자신이란 사실은 일기를 써 본 이라면 누구나 안다. 우물 속에 비친 자신을 보고 미워져 돌아가다가, 돌아가다 생각하니 가엾어지다가, 도로 가 들여다보니 그대로 있는 그 모습을 보고 또 미워져 돌아가다가, 돌아가다 생각하니 그 사나이가 또 그리워진다는 것은 그런 뜻일 게다. 그러기에 동주는 부끄러워한다. 부끄러운 자아를 부끄럽게 고백하는 이 자화상, 그의 시가 주는 감동은 이처럼 그의 이미지와 스타일이 일치하는 진정성에서 온다.

그러나 자기 학대와 자기 연민의 오고 감이 원점 회귀를 뜻하지는 않는다. 반성의 무의미함이나 허무를 가져오지도 않는다. 처음이나 끝이나 모두 "우물 속에는 달이 밝고 구름이 흐르고 하늘이 펼치고 파아란 바람이 불고 가을이 있"기는 매한가지지만, 시간의 경과에 따른 결정적 차이가 있으니 그것은 곧 그 '사나이'가 '추억追憶'처럼 존재하게 된다는 점이다. 성찰의 열매는 성장과 성숙이다. 그렇게 성찰은 성숙을 낳고, 성숙은 다시 성찰을 낳는다. 나는 이것이 〈참회록〉을 읽는 열쇠 가운데 하나라고 생각한다.


## 참회를 참회한다

파란 녹이 낀 구리거울 속에

내 얼굴이 남아 있는 것은

어느 왕조王朝의 유물遺物이기에

이다지도 욕될까.


나는 나의 참회懺悔의 글을 한 줄에 줄이자.

— 만 이십사 년 일 개월을

　무슨 기쁨을 바라 살아왔던가.


내일이나 모레나 그 어느 즐거운 날에

나는 또 한 줄의 참회록을 써야 한다.

— 그때 그 젊은 나이에

　왜 그런 부끄런 고백告白을 했던가.


밤이면 밤마다 나의 거울을

손바닥으로 발바닥으로 닦아보자.


그러면 어느 운석隕石 밑으로 홀로 걸어가는

슬픈 사람의 뒷모양이

거울 속에 나타나 온다.

– 윤동주, 〈참회록〉


이번엔 '우물'이 아니라 진짜 '거울'이다. 그러니 진짜 '자화상'이

나올 법한데 제목이 '참회록'이다. 자기 연민은 사라지고 오로지 참회뿐이다. 그는 무엇을 참회하고 있는가. 그것이 첫째 관건이다.

잘 알려졌듯이 이 시에는 두 가지의 참회가 등장한다. 하나는 만 이십사 년 일 개월 현재 기준으로 "무슨 기쁨을 바라 살아왔던가" 하는 후회다. 아무 기쁨도 바라지 않고 살아온 걸 후회한다는 것인지, 어떤 특정한 종류의 기쁨을 바라며 살아온 걸 후회한다는 것인지 해석이 갈릴 여지는 있겠지만, 그 어느 쪽이든 참된 기쁨을 추구하거나 누리지 못하고 살아온 걸 후회하는 것만은 분명하다.

두 번째는 미래의 시점에서 지금 이런 참회를 한 것 자체를 후회하겠다는 것이다. 참회한 것까지 참회하니 이 시는 진정 참회록일 수밖에 없다. 〈자화상〉에 비해 〈참회록〉의 자아가 더 명민한 편이다. 외딴 우물처럼 후미진 구석에서 흐릿하게 성적표를 펼쳐 보며 자학과 연민 사이에서 우왕좌왕하던 것과 달리, 그는 참회의 글을 한 줄로 요약 정리할 수 있을 만큼 청동 거울 속 자신의 현재를 냉철히 쳐다보며 미래까지 전망한다. 그리하여 미래 시점에서 보면 현재의 참회가 부끄러운 일이 되리라는 것까지 현재의 시점에 이미 간파하고 있는 것이다.

참회한 것을 참회하는 길에는 다시 두 가지가 있다. 하나는 젊은 날의 참회가 그 당시는 절실해 보여도 본질적으로는 잘못된 참회였다고 참회하는 것. 다른 하나는 젊은 날의 참회가 정당한 참회이기는 하나 훗날 다 극복한 시점에서 보면 별것도 아닌 것으로 참회했다고 참회하는 것. 전자라면 "무슨 기쁨을 바라 살아왔던가" 하는 후회가 왜 '부끄런 고백'이라고 하는지를, 후자라면 그것을 '부끄런 고백'으로 돌리기 위해 어떻게 사는 것이 필요한지를 밝혀야 한다.

일단, 그 어느 쪽이든 "무슨 기쁨을 바라 살아왔던가"라며 참회하는 현재를 "내일이나 모레나 그 어느 즐거운 날"에 돌아본다면 부끄러워하리라는 것에만 주목해 보자. 그런 점에서 〈참회록〉은 기형도의 〈질투는 나의 힘〉을 소환해 낸다.

## 질투의
## 거울로 사는 젊은 날

아주 오랜 세월이 흐른 뒤에

힘없는 책갈피는 이 종이를 떨어뜨리리

그때 내 마음은 너무나 많은 공장을 세웠으니

어리석게도 그토록 기록할 것이 많았구나

구름 밑을 천천히 쏘다니는 개처럼

지칠 줄 모르고 공중에서 머뭇거렸구나

나 가진 것 탄식밖에 없어

저녁 거리마다 물끄러미 청춘을 세워두고

살아온 날들을 신기하게 세어보았으니

그 누구도 나를 두려워하지 않았으니

내 희망의 내용은 질투뿐이었구나

그리하여 나는 우선 여기에 짧은 글을 남겨둔다

나의 생은 미친 듯이 사랑을 찾아 헤매었으나

단 한번도 스스로를 사랑하지 않았노라

– 기형도, 〈질투는 나의 힘〉

기형도도 윤동주처럼 이 시에서 "아주 오랜 세월이 흐른 뒤에" 젊은 날의 기록에 대해 어리석은 짓이라 후회하리라 말하고 있다. 그 기록은 이 시의 끝에 등장하는 짧은 글, 곧 "나의 생은 미친 듯이 사랑을 찾아 헤매었으나 단 한번도 스스로를 사랑하지 않았노라"라는 참회를 뜻한다.

젊음의 아이콘에 교만과 야망만 있는 것은 아니다. 젊을 땐 미래가 안 보이고 자기만 모자라 보이기 일쑤다. 애인을 사귀려 해도 애인 곁을 둘러싸고 있는 숱한 무리가 다 자기보다 잘나 보인다. 겸손이 아니라 자격지심이다. 교만이든 자학이든 젊음은 그래서 무모하기도 하고 절망적이기도 하다. 젊을 때의 거울은 질투의 거울이기 때문이다.

젊은 날, 질투가 주는 열패감과 열등감은 얼마나 당혹스러운가. 적절한 질투는 사랑을 불타오르게도 하지만, 질투 때문에 필요 이상으로 사랑이 과장될 때 젊음은 자제력을 잃고 승리를 향한 경쟁심으로 치닫게 된다. 그리하여 혹여 사랑하는 이가 다른 이를 좋아하는 듯 여겨질 때면 그 질투의 불꽃으로 자신을 시커멓게 태워 버리기도 한다. 질투의 여신 젤로스Zelos의 자매가 승리의 여신 니케Nike인 것을 보면 쉽게 이해가 간다. 질투는 한편으로는 좌절을 다른 한편으로는 경쟁심을 불러일으키기 때문이다.

박찬옥 감독의 영화 〈질투는 나의 힘〉을 보라. 사랑은 아름다우나 연애는 역시 치졸하다. 편집부의 젊은 사원 이원상(박해일 분)은 자신이 흠모하는 연상의 여인 박성연(배종옥 분)과 은밀한 애정 행각을 벌이는 편집장(문성근 분)을 증오하면서도, 다른 한편으로는 그가 지닌 능력, 그가 누리는 가정의 행복을 부러워한다. 그래서 원상은 성연에게 "누나, 편집장님이랑 자지 마요. 자지 마요. 이미 잤다면…, 더는 자지 마요. 꼭 누구랑 자야 한다면…, 나랑 자요… 나도 잘해요"라며 질투와 치기 어린 요청을 하는가 하면, "어차피 게임이 안 돼요. 전에도 그랬어요. 난 누나를 행복하게 해 줄 수가 없어요. 난 그런 사람이에요"라며 스스로를 비하하고 사랑을 포기하기도 한다.

하지만 그가 모르는 것이 있다. 모든 것을 다 갖춘 듯 보이는 편집장은 정작 그의 젊음을 부러워한다는 것을. 젊은 날에는 세상이 다 자기 것처럼 보이는 교만에 이르다가도 자기 단점이 보이면 이내 절망하기 쉽다. 이게 다 젊은 날의 바로 저 질투의 거울 때문이다.

잘못된 거울은 더욱 위험하다. 거울을 의심해 본 적이 있는가? '백설 공주'가 그렇다. 상상해 보자. 만일 왕비가 악한 것이 아니라 거울이 진짜 악의 주인공이었다면? 세상에서 제일 예쁜 사람이 백설 공주가 아니고 사실은 왕비였다면? 같은 계열의 동화 안데르센의 《눈의 여왕》은 이렇게 시작한다.

〈질투는 나의 힘〉을 보라. 사랑은 아름다우나 연애
는 역시 치졸하다. 여기에 질투가 섞이면 더욱 유치
해질 수밖에 없다.

자, 주목하십시오! 이제 이야기를 시작하겠습니다. 이 이야기를 끝까지 읽고 나면 지금보다 훨씬 많은 사실을 알게 될 것입니다. 모든 게 악마의 소행이었다는 사실 말입니다. 그 악마는 세상에서 가장 사악한 마왕이었습니다.

어느 날, 악마는 거울 하나를 만들고는 무척 기뻐했습니다. 그 거울은 멋지고 아름다운 것들은 모조리 찌그러뜨려 거의 보이지 않게 만들고, 쓸모없고 흉측한 것들은 더 크게 비추어 돋보이게 했습니다. 아무리 아름다운 풍경도 삶은 시금치처럼 보였고, 아무리 착한 사람도 끔찍한 모습 아니면 몸통 없이 머리로 서 있는 것처럼 보였습니다. 거울에 비친 사람들은 누구인지 알아채지 못할 정도로 일그러져 보였고, 얼굴에 주근깨가 하나만 있어도 코와 입까지 다 덮을 정도로 주근깨투성이로 보였습니다.

— 안데르센, 김양미 옮김, 《눈의 여왕》 중에서

사악한 무리는 하늘까지 올라가 천사와 하느님을 놀리고 싶어 했다. 하지만 하늘 높이 날아올랐을 때, 갑자기 웃어 대던 거울이 너무 세게 흔들리는 바람에 손에서 빠져나가 땅으로 곤두박질치게 되면서 수천 수억 개의 조각으로 부서지고 말았다. 부서진 거울 조각들이 사람들 눈에 들어갔다. 그러자 불행이 찾아왔다. 거울 조각이 눈에 들어간 사람들에게 세상은 모든 것이 부정적으로만 보였기 때문이다. 그리하여 그토록 순수하고 아름답던 소년 '카이'조차 그의 눈과 가슴에 거울 조각이 박히자 하루아침에 차갑게 변해 저 매혹적인 눈의 여왕을 따라 겨울 왕국으로 가 버리지 않았던가.

나는 이 동화를 사춘기의 성장 과정을 다룬 것으로 이해한다. 아마도 그 거울 조각은 사춘기의 성장 호르몬이거나 새롭게 눈을 뜬 자아를 상징하는 것일지 모른다. 하루아침에 변하는 사춘기 우리 아들딸들. 그 나이에는 온 세상이 부정적으로만 보인다. 사춘기는 눈의 여왕이 지배하는 겨울 왕국 같은 것. 거기서 벗어나려면 혹독한 통과 의례를 거쳐야 한다. '카이'의 눈과 가슴을 녹인 '게르다'의 눈물과 기도처럼, 사춘기 소년들에 대한 주변의 사랑과 믿음도 함께해야 하고, 무엇보다도 자신과 세상을 왜곡되게 비추는 저 거울 조각이 빠져나오게끔 소년들 스스로도 분투노력해야만 하는 것이다.

## 거울을 의심하라

그런데 거울은 반영만 하는 것이 아니라 왜곡도 한다. 왜곡된 거울로 자신을 바라보며 자화상을 그리고 참회를 한다는 것은 위험한 일이다. 거울과 자화상을 통해 자아 성찰을 시도한 시인이 수도 없이 많지만, 윤동주처럼 거울 자체를 의심한 이는 없다. 그 점이 〈참회록〉을 이해하는 결정적 관건이라고 믿는다.

마땅히 주목해야 할 것이 있다. "만 이십사 년 일 개월을 무슨 기쁨을 바라 살아왔던가"라며 자탄하고 참회하게 한 그 거울은 "파란 녹이 낀 구리거울"이었다는 사실을. 그를 비춘 거울은 '파란 녹이 낀', 그래서 거울답지 않은 왜곡된 상을 가져올 거울이었다. 잘못된 거울, 아마 트롤이 만든 거울로 바라보고 성찰하면서 자신의 장점을 찾고 단점을 보완하기란 애초에 그른 일이다. 그러니 그런 거울로 보면서 기쁨을 바라는 삶을 살아오지 못했노라 참회하는 것은 실로 부끄러운 고백이 아닐 수 없다.

다시 강조하거니와 그가 닦은 것은 자아가 아니라 거울이었다. 윤동주의 진면목은 자아를 왜곡하는 젊은 날의 거울이든, 민족의 참모습을 왜곡하는 잘못된 역사의 거울이든, 밤이면 밤마다 파란 녹이 낀 그 거울의 녹을 제거하느라 분투노력했다는 점에서 찾아야 옳다. 식민지의 암울한 현실일수록 그는 철저한 자기 성찰을 위해 거울을 닦았다. 그것은 자기 성찰의 준거 세우기, 자기 삶에 대한 세계관과 인생관 만들기와 다름없다. 그게 흔들리면 모든 성찰은 허구다.

이제 남은 것은 마지막 구절이다. 시인은 운석 밑으로 걸어가는 슬픈 사람의 뒷모양이 거울에 나타난다고 했다. 손바닥, 발바닥으로 닦아 낸 거울에 비친 상이므로 아마도 이것이 진실한 자아의 모습일 것이고, 그러하기 때문에 젊은 날의 고백이 부끄러운 고백이라고 했을 터다. 다양한 해석이 가능하겠지만, 젊었을 때 거울로 본 것이 앞모습이라면 이것은 미래의 시점에서 본 것이니 그 젊은 자아가 걸어간 뒷모습이 비친 거라고 볼 수도 있겠다. 기쁨을 바라지 않았던 슬픈 사람의 뒷모양이니 말이다.

그런데 그가 운석隕石 밑으로 걸어간다. 이는 마치 〈서시〉에서 "나한테 주어진 길을 걸어가야겠다"라고 한 것처럼, 그것이 비록 운명

殞命을 향한 길이라 하더라도 운명運命의 주어진 길을 따라 묵묵히 걸어가는 자아의 모습을 연상하게 한다. 역설적으로 그것이 바로 기쁜 길이라는 것, 이것이 동주가 젊은 날의 부끄러운 고백이라 참회하는 것의 요체가 아닐까. 그러니 똑같이 "우물 속에는 달이 밝고 구름이 흐르고 하늘이 펼치고 파아란 바람이 불고 가을이 있"어도 '젊은 날'의 자아와 '그 어느 즐거운 날'의 자아가 같을 수는 없다. 어쩌면 저 '슬픈 사람의 뒷모양'이야말로 '추억追憶'의 그 사람일지 모른다. 먼 훗날 이미 추억이 되어 버린, 무슨 기쁨을 바라며 살아왔던가 같은 부끄런 고백을 했던, 질투의 공장만 짓던 젊은 날의 그 자신 말이다.

적어도 동주는 거울에게 "거울아, 거울아! 이 세상에서 누가 제일 예쁘니?" 따위의 질문은 하지 않은 것 같다. 그보다는 "거울아, 거울아! 이 세상에서 누가 가장 바르게 기쁜 삶을 살았니?" 하고 묻는 것 같다. 이때 세속의 성공을 기준으로 답한다면 그 거울은 아마도 파란 녹이 낀 구리거울일 것이다. 하지만 손바닥 발바닥으로 닦은 올곧은 거울은 기준이 달랐을 것이다. 아마도 거울이 해 준 답은 십자가의 길을 걸은 예수처럼 가장 슬프고 힘든 길을 걸은 의로운 자가 아니었을까. 그러기에 운석 밑으로 홀로 걸어가는 슬픈 사람의 뒷모양이 거울에 나타난 것은 아니었을까.

이利라는 녹이 낀 구리거울에 비춰 보면 젊은 날엔 기쁨을 느낄 만한 성취가 없어 동주는 슬펐을지 모른다. 하지만 동주는 그런 참회를 참회한다. 그가 구한 것은 의義의 거울이었고, 그래서 밤이면 밤마다 손바닥으로 발바닥으로 구리거울을 닦아야 했다. 매일 밤 그러지 않으면 어느새 잎새에 이는 바람, 창밖에 속살거리는 밤비에 흔들릴 것이었기 때문이다. "거울아, 거울아! 누가 제일 외롭니?"라는 질문은 질투와 경쟁의 질문이 아니다. 그가 따르고 닮고 싶은 역할 모델을 구하는 질문일 따름이다.

자신의 정체성과 진로를 구하는 젊은이들에게 우리 사회는 어떤 거울을 준비해 두고 있을까. 트롤이 만든 거울은 다 사라졌을까? 곳곳에 널린 것이 그런 거울이다. 인터넷으로 게임을 하는 사람들, 스크린 골프장에서 골프를 치는 사람들, 증권회사 객장에서 주식에 투자하는 사람들 모두가 그런 거울을 갖고 있다. 백설 공주의 왕비처럼 그들도 궁금한 것을 묻자마자 답을 얻을 수 있다. 컴퓨터야, 컴퓨터야, 이 세상에서 누가 제일 게임 점수가 높니, 누가 제일 골프를 잘 치니, 어느 주식이 제일 많이 오르고 있니 하면 즉각 답이 나온다. 돈만 잘 벌면 된다, 무조건 성공만 하면 된다. 이렇게 답하는 모든 거울이 트롤이 만든 거울이요, 파란 녹이 낀 구리거울일 것이다. 우리를 질투로 내모는 그런 거울을 마주하며 정작 부끄러워할 놈은 부끄러워하지 않는 걸 볼 때, 못난 것이 잘난 척할 때, 더구나 그것이 바람직한 상이라 왜곡될 때, 우리는 울분하지 않을 수 없다.

그래서 여전히 동주인 것이다. 손바닥 발바닥으로 거울을 닦고, 스스로를 닦으며 남에겐 관대하고 자신에게 엄한, 그러면서도 가르치려 들지 않고 자신의 삶을 통해 사랑을 실천하는, 영원히 순수한 젊은이이자 우리 시대에 간절히 갖고픈 어른의 모습, 그게 동주이기 때문이다.

# 8. 서울 가는 길

물동이 호메 자루 나도 몰라 내던지고

탈도 많고 말도 많은 지금,

아무래도 우린 돌아가야겠다.

우리에겐 휴식이 필요하다.

약한 모습 좀 보이면 어떤가.

# 밤비 내리는
# 종로 거리

갑오농민전쟁을 다룬 기념비적인 장편서사시 〈금강〉을 남기고, 마흔
도 채우지 못한 채 우리 곁을 떠난 시인 신동엽. 〈금강〉은 서화와 후
화 각각 2장씩을 포함해 총 30장(4,673행)으로 이루어져 있다. 그중
〈후화 1〉은 "밤 열한 시 반 / 종로 5가 네거리 / 부슬비가 내리고 있
었다"로 시작한다. 그런가 하면 그의 육필 원고 가운데에는 "첫눈이
오는 날, 종로 5가의 서시오판板 옆에서 낯선 소년少年이 나를 붙들고
동대문東大門을 물었다"로 시작하는 〈첫눈 오는 날〉이라는 작품이 있
다. '첫눈'이 좋을지 '부슬비'가 좋을지, 아니면 다른 말이 더 좋을지,
말 그대로 퇴고推敲를 거듭했을 시인의 모습이 그려진다. 그렇게 해
서 지금 전하는 작품이 바로 〈종로 5가〉다.

이슬비 오는 날.

종로 5가 서시오판 옆에서

낯선 소년이 나를 붙들고 동대문을 물었다.


밤 열한 시 반,

통금에 쫓기는 군상群像 속에서 죄 없이

크고 맑기만 한 그 소년의 눈동자와

내 도시락 보자기가 비에 젖고 있었다.


국민학교를 갓 나왔을까.

새로 사 신은 운동환 벗어 품고

그 소년의 등허리선 먼 길 떠나온 고구마가

흙 묻은 얼굴들을 맞부비며 저희끼리 비에 젖고 있었다.


충청북도 보은 속리산, 아니면

전라남도 해남 땅 어촌 말씨였을까.

나는 가로수 하나를 걷다 되돌아섰다.

그러나 노동자의 홍수 속에 묻혀 그 소년은 보이지 않았다.


그렇지.

눈녹이 바람이 부는 질척질척한 겨울날,

종묘宗廟 담을 끼고 돌다가 나는 보았어.

그의 누나였을까.

부은 한쪽 눈의 창녀가 양지쪽 기대앉아

속내의 바람으로, 때 묻은 긴 편지 읽고 있었지.


그리고 언젠가 보았어.

세종로 고층건물 공사장,

자갈지게 등짐하던 노동자 하나이

허리를 다쳐 쓰러져 있었지.

그 소년의 아버지였을까.

반도의 하늘 높이서 태양이 쏟아지고,

싸늘한 땀방울 뿜어낸 이마엔 세 줄기 강물.

대륙의 섬나라의

그리고 또 오늘 저 새로운 은행국銀行國의

물결이 뒹굴고 있었다.


남은 것은 없었다.

나날이 허물어져가는 그나마 토방 한 칸.

봄이면 쑥, 여름이면 나무뿌리, 가을이면 타작마당을 휩쓰는 빈 바람.

변한 것은 없었다.

이조李朝 오백년은 끝나지 않았다.

옛날 같으면 북간도라도 갔지.

기껏해야 버스길 삼백리 서울로 왔지.

고층건물 침대 속 누워 비료 광고만 뿌리는 거머리 마을,

또 무슨 넉살 꾸미기 위해 짓는지도 모를 빌딩 공사장,

도시락 차고 왔지.


이슬비 오는 날,

낯선 소년이 나를 붙들고 동대문을 물었다.

그 소년의 죄 없이 크고 맑기만 한 눈동자엔 밤이 내리고

노동으로 지친 나의 가슴에선 도시락 보자기가

비에 젖고 있었다.

– 신동엽, 〈종로 5가〉


  귀가를 서두르는 노동자와 낯선 소년이 종로 5가에서 만난다. 당시 종로 5가 주변 청계천 일대에는 미싱공 같은 수공업 노동자가 득실거렸고, 인근의 시외버스 정류장에는 고향을 떠나 무작정 상경한 인파로 넘쳐났으니 이 정도 만남쯤이야 늘 일어날 법한 일이건만, 이날따라 통금은 가까웠고 이슬비마저 내리는 게다. 죄 없는 이에게도 늘 쫓기는 듯한 죄의식을 안겨 주는 게 통금이라는 건데, 게다가 밤비마저 내리니 발걸음이 빨라지게 마련. 하지만 아무리 그래도 그렇지, 죄 없기로 말하면 그보다 더할, 크고 맑기만 한 눈동자를 지닌 소년이 통금 가까운 시각에 비를 맞은 채 길을 물으니, 자신을 붙드는 이 어린 소년의 손을 어찌 뿌리치랴.

  한데 동대문을 묻는다. 종로 5가에서 동대문은 엎어지면 코 닿을

곳. 아니나 다를까 흙 묻은 고구마를 등에 메고 새 운동화 벗어 가슴에 안은 꼴이, 서울 지리라고는 전혀 알 길 없는 시골 소년의 차림새다. 아마도 화자는 손가락으로 대충 가리키며 가는 길을 일러 주고 이내 돌아서 바쁜 발걸음을 다시 재촉했을 것이다. 하지만 한 블록도 채 지나지 않아 국민학교나 갓 나왔을 성싶은 그 소년이 눈에 밟힌다. 더 자세히 일러 줄 걸 그랬나, 동대문까지 같이 가 줄까, 잠잘 곳은 있으려나, 우리 집으로 데리고 갈까… 뒤돌아본 것은 아마도 그런 착한 마음에서였을 것이다. 그러나 그새 노동자의 홍수 속에 묻혀 소년은 보이지 않는다. 이는 현재의 묘사이자 미래의 암시이다. 소년은 곧 노동자가 될 것이다. 자신이 그랬듯이.

역사를 담고 있기에 이런 시는 아무리 길어도 짧다. 화자는 창녀가 된 소년의 누이를 상상하고, 공사장 막노동꾼이 된 아버지도 떠올려 보다가, 반도의 이 우울한 역사에 분노와 자조를 느낀다. 중국의 지배와 섬나라 일본의 식민지 지배를 거쳐, 오늘은 미국이라는 저 새로운 은행국의 물결이 반도를 휘감고 있는 것. 그러니 화자는 단언하는 것이다. 이조 오백 년은 끝나지 않았고, 시간만 흘러갔을 뿐 변한 것은 없고, 민중의 고달픈 삶은 여전하다고, 지금이 더하면 더했지 나아진 것은 없다고. 농사는 농투성이들이 짓고 돈은 비료 회사가 벌고, 농촌을 떠난 이들은 도시 빈민이 되어 서울의 빌딩을 짓고, 서울의 자본가들은 고층 건물 침대 속에서 누워 다시 비료 광고만 뿌려 댄다고. 이 시가 괜히 〈금강〉의 후화였겠는가. 저 갑오농민전쟁 속 민중의 후예들이 지금은 도시 노동자, 도시 빈민이 되어 있다는 고발인 것이다.

식민지 시대라고 무엇이 달랐으랴. 비애의 역사는 장구하다. 다음 시를 보라.

차디찬 아침인데

묘향산행妙香山行 승합자동차乘合自動車는 텅하니 비어서

나이 어린 계집아이 하나가 오른다

옛말속같이 진진초록 새 저고리를 입고

손잔등이 밭고랑처럼 몹시도 터졌다

계집아이는 자성慈城으로 간다고 하는데

자성慈城은 예서 삼백오십리三百五十里 묘향산妙香山백오십리白五十里

묘향산妙香山 어디메서 삼촌이 산다고 한다

쌔하얗게 얼은 자동차自動車 유리창 밖에

내지인內地人 주재소장駐在所長 같은 어른과 어린아이 둘이 내임을 낸다

계집아이는 운다 느끼며 운다

텅 비인 차車 안 한구석에서 어느 한 사람도 눈을 씻는다

계집아이는 몇 해고 내지인內地人 주재소장駐在所長 집에서

밥을 짓고 걸레를 치고 아이보개를 하면서

이렇게 추운 아침에도 손이 꽁꽁 얼어서

찬물에 걸레를 쳤을 것이다

― 백석, 〈팔원八院─서행시초西行詩抄 3〉

일제 강점기에 발표된 백석의 〈팔원-서행시초 3〉은 1960년대에 발표된 〈종로 5가〉와 동궤에 속하는 작품이다. '차디찬 아침'이든 '이슬비 오는' 밤중이든 비애로 가득 찬 배경은 말할 것도 없고, 전자의 시에 등장하는 '팔원'이 후자의 '서울'이고, 전자의 '자성'이 후자의 '속리산'이나 '해남'이라면, '계집아이'는 '소년'에 대응되고 '진진초록 새 저고리'는 '새로 사 신은 운동화'에 해당할 것이며, '주재소장집'은 '빌딩'이 될 것이고 '버스'에서 계집아이를 바라보며 눈을 씻는 사람은 '서시오판'에서 소년을 마주하며 비에 젖는 사람이 될 것이기 때문이다.

이처럼 시대가 바뀌었어도 근본적으로 달라진 것은 없다. 그러니 말이 그렇다는 것일 뿐, 〈종로 5가〉에서 푸념하듯 "옛날 같으면 북간도라도 갔지"라는 말을 옛날이 진짜 좋았다는 말로 받아들여서는 안 된다. 일제 강점기를 살았던 시인 이용악이 이미 말했다. "북쪽은 고향 / 그 북쪽은 여인이 팔려간 나라"라고. 몸을 팔든가 품을 팔든가, 1930년대의 북간도든 1960년대의 서울이든 다를 게 없었다. 농촌은 농촌대로 서울은 서울대로 여전히 사람 살 곳이 못 되었다. 그런데도 꾸역꾸역 서울로 몰려든 것은 농촌이 절대적인 절망과 궁핍의 상태에 빠져 버렸기 때문이다. 산업화와 도시화의 시대, 이른바 무작정 상경 시대가 시작된 것이다.

# 에레나가 된
# 이쁜이

1960년대부터 본격화된 무작정 상경 시대의 단면은 유행가에서도 찾아볼 수 있거니와, 1955년도에 발표된 〈앵두나무 처녀〉가 그중 압권이라고 나는 생각한다. 일단 가사를 음미하며 들어 보시라.

앵두나무 우물가에 동네 처녀 바람났네
물동이 호메 자루 나도 몰라 내던지고
말만 들은 서울로 누굴 찾아서
이쁜이도 금순이도 단봇짐을 쌌다네

석유 등잔 사랑방에 동네 총각 맥 풀렸네
올가을 풍년가에 장가들라 하였건만
신붓감이 서울로 도망갔대니
복돌이도 삼룡이도 단봇짐을 쌌다네

서울이란 요술쟁이 찾아갈 곳 못 되더라
새빨간 그 입술에 웃음 파는 에레나야
헛고생을 말고서 고향에 가자
달래 주는 복돌이에 이쁜이는 울었네

— 천봉 작사·한복남 작곡, 〈앵두나무 처녀〉

경쾌한 리듬에 실려 1절이 전개된다. 때는 봄 농사가 시작되기 직전쯤. 총각들이 여직 사랑방 출입을 하는 것도 그렇고, 아무래도 그때가 바람나기 좋은 시절이기도 하겠으며, 또 아무리 사정이 급해도 농번기라면 자리를 비워 가면서 서울로 사람 찾으러 다니기도 힘드니, 그리 짐작하는 것이다. 실제로 무작정 상경은 봄철에 많이 벌어졌다. 겨우내 결심도 해야지, 날은 풀려야 객지 생활도 할 수 있지, 봄소식이 본격화되면 다시 또 지긋지긋한 농사일에 뛰어들어야 할 터, 가출은 이때가 제격인 탓이다.

그럼 또 왜 하필 우물가겠는가. 말할 것도 없다. 물 긷고 빨래하는 우물가야말로 동네 처녀들의 전용 공간이자 소통의 장, 쉽게 말해 온갖 소리 소문의 근원지였으니까. 아랫마을 누군가가 서울 가서 출세했다는 둥 확인되지 않은 이야기가 수시로 흘러나왔으리라. '말만 들은 서울'이란 그런 뜻이다. 하나 그냥 말만 듣는 것으로 끝날 수는 없는 일이다. 무작정 상경은 일종의 전염병 같은 것. 금남의 구역에서 처녀들의 모의는 안전하고 신명 나고 신속히 진행되었다.

내가 아는 한, 우리나라 대중가요에서 가장 통쾌한 장면은 이렇게 이루어졌다. '물동이 호메 자루 나도 몰라 내던지고!' 귀하디귀한 물건이었건만 어차피 농촌을 떠날 건데 그깟 게 무슨 대수랴. 결심한 순간, 에라 나도 모르겠다 싶어 과감히 내던지고, 서울 바람난 이쁜이와 금순이가 단봇짐을 싸는 광경이라니! 떠올리면 떠올릴수록 유쾌하기 짝이 없다.

하지만 후유증이 크다. 신붓감들의 탈주로 인한 동네 총각들의 망

연자실. 이어서 추격전이 시작된다. 서울이란 넓은 곳, 사람 찾는 일
이 생각만큼 쉽지 않았으리라. 아니, 서울에선 입에 풀칠하고 사는
일 자체가 힘들었을 것이다. 무작정 상경이 말이 쉽지, 아는 이 하나
없이 대책 없이 올라오면 할 수 있는 일이라곤 거의 없었다. 나중에
야 공장도 늘고 막일꾼 자리도 생기고 했지만, 이때만 해도 시장통
에서 지게를 지거나 식모살이를 할 수 있으면 그나마 다행이었으니.
그래서 어쩌면 삼룡이는 지쳐서 고향으로 되돌아갔을지 모른다.

그러나 복돌이는 포기하지 않았다. 드디어 고향의 동네 처녀, 그토
록 그리던 여인, 이쁜이를 서울 거리에서 다시 만난다. 허나 역시 서
울이란 요지경 같은 곳. 이쁜이를 웃음 파는 에레나로 변신시켜 버
렸다. 새빨간 입술까지 덧붙여서 말이다.

아, 왜 앵두나무 우물가였던가. 예부터 앵두 같은 입술, 잘 익은 앵
두의 붉은 빛깔을 띤 입술을 앵순櫻脣이라 하여 미인을 상징하지 않
았던가. 그 앵두나무 우물가의 처녀, 우리 동네의 미인 이쁜이가 새
빨간 입술을 하고서 웃음을 파는 여자로 전락하다니, 이게 눈 뜨고
볼 일이던가.

이 비극적 위기의 순간, 하지만 복돌이가 누구더냐. 농사짓기를 포
기하고 고된 서울살이를 하면서도 도망간 신붓감을 찾아 헤맨 순정
의 순교자가 아니냐. 헛고생을 말고서 고향에 가자며 오히려 이쁜이
를 달래 주는 복돌이. 아, 물동이 호미 자루 나도 몰라 내던지고 간
여인을 이토록 따스하게 품어 주는 사나이라니! 눈물겨운 흐뭇한 엔
딩이 아닐 수 없다.

# '에레나가 된 순이'와
# 또 다른 에레나들

이쁜이는 과연 고향으로 내려갔을까? 앵두나무 우물가엔 이미 소문이 자자한 터, 이쁜이는 과연 복돌이와 짝을 이룰 수 있었을까? 둘이 잘 사는가 싶다가도 혹시 복돌이가 술만 마시면 화풀이 삼아 이쁜이에게 주먹질을 해 대진 않았을까?

이것을 상투적인 상상이라 한다면, 진짜 상투적인 신파조의 노래를 들려주겠다. 대중 가요 〈에레나가 된 순이〉. 원래 이 노래는 〈앵두나무 처녀〉와 비슷한 시기인 1954년에 가수 한정무가 발표한 노래다. 그러나 한정무가 교통사고로 일찍 타계한 뒤, 십 년이 넘도록 무대에서 이 노래를 불러 왔던 가수 안다성이 1964년에 앨범에 수록하면서 비로소 유행하게 된다.

그날 밤 극장 앞에서 그 역전 카바레에서
보았다는 그 소문이 들리는 순이
석유 불 등잔 밑에 밤을 새면서
실패 감던 순이가 다홍치마 순이가
이름조차 에레나로 달라진 순이 순이
오늘 밤도 파티에서 춤을 추더라

그 빛깔 드레스에다 그 보석 귀걸이에다

목이 메어 항구에서 운다는 순이
시집갈 열아홉 살 꿈을 꾸면서
노래하던 순이가 피난 왔던 순이가
말소리도 이상하게 달라진 순이 순이
오늘 밤도 파티에서 웃고 있더라

– 손로원 작사·한복남 작곡, 〈에레나가 된 순이〉

순이는 〈앵두나무 처녀〉의 이쁜이와 크게 달라 보이지 않는다. 〈에레나가 된 순이〉의 진정한 맛은 도입부에 깔리는 내레이션에 있다. 성우 오승룡의 목소리는 영락없이 〈앵두나무 처녀〉에 등장하는 복돌이의 목소리다. 하지만 그 내용은 〈앵두나무 처녀〉의 결말과는 전혀 다르다.

칠석 순이! 내가 왔어. 얼마나 찾았다구 순이.

순이 흠! 순이라? 순이가 아니에요. 어제의 못난 순이는 죽고 이젠 에레나에요.

칠석 순이 돌았어? 응? 뜬소문에 헛소문에 역마다 돌아서 항구마다 흘러서 오늘에야 만났는데 그게 무슨 소리야?

순이 어때요? 이 보석 귀걸이와 다이아 반지를 보세요. 그래도 순이라고 부르겠어요? 하하! 난 싫어요 싫어. 그 가난하고 비참한 순이가, 그 순이가 싫어서 이렇게 에레나가 됐어요. 하하하!

칠석 에이 더러운 년! 가난해도 못살아도 한세상 변함없이 매미 우는 그 마을, 물방아 도는 그 고장에서 살자던 년이. 에이, 더러운 년!

다시는 고향 생각 마라! 난 간다!

순이 가려면 가시구려! 누가 붙잡나. 흥!

이것이 실상 아니었을까? 〈앵두나무 처녀〉는 작위적인 해피엔딩 아니었을까? 그런데 반전이 아직 남아 있다. 진짜 신파는 지금부터 다. 1절이 끝나고 2절이 시작되기 전, 간주가 흐르는 사이, 이번에는 순이의 독백이 내레이션으로 흐른다.

순이 사랑하는 칠석 씨! 안녕히 가세요. 그리고 날 용서하세요. 이렇게 눈물을 깨물면서 용서를 비옵니다. 고향이 그리워도 못 가는 아픔만, 오늘 밤 낯선 이 항구에서 고향 별 바라보며 슬피 웁니다.

신파의 완성이다. 하지만 나는 이것을 허구라고 말하지 못하겠다. 상투적인 결말이란 상투적인 희망과 기대의 부응이기도 하지만, 그만큼 일상적인 개연성의 반영이라고 볼 수도 있기 때문이다.

놀랍고도 슬픈 것은 산업화와 도시화로 인한 농촌의 붕괴, 그로 말미암은 '에레나 사태'는 지금까지도 종결을 선언할 수 없다는 데 있다. 1976년에 펴낸 이시영의 시집 《만월》에 수록된 명시 〈정님이〉를 보라. 고향 마을의 누이 정님이로 짐작되는 "용산 역전 늦은 밤거리 / 내 팔을 끌다 화들짝 손을 놓고 사라진 여인"도 에레나다. 1980년대에 들어서도 에레나는 사라지지 않았다. 1987년에 발표된 가수

인순이 7집 앨범에 수록된 〈비닐 장판 위의 딱정벌레〉에도 '슬픈 에레나'가 등장한다.


## 아무래도
## 난 돌아가야겠어

이쯤에서 다시 시의 세계로 간다면, 무엇보다도 김지하의 시집《황토》(1970)에 실린 〈서울길〉을 빼놓을 수 없으리라. 수많은 에레나, 종로 5가의 누이들이 걸어온 길이 이러하지 않았을까?

간다
울지 마라 간다
흰 고개 검은 고개 목마른 고개 넘어
팍팍한 서울길
몸팔러 간다

언제야 돌아오리란
언제야 웃음으로 화안히
꽃피어 돌아오리란
댕기 풀 안스러운 약속도 없이
간다

울지 마라 간다

모질고 모진 세상에 살아도


분꽃이 잊힐까 밀 냄새가 잊힐까

사뭇사뭇 못 잊을 것을

꿈꾸다 눈물 젖어 돌아올 것을

밤이면 별빛 따라 돌아올 것을


간다

울지 마라 간다

하늘도 시름겨운 목마른 고개 넘어

팍팍한 서울길

몸 팔러 간다.

- 김지하, 〈서울길〉


몸을 팔기 위해 서울로 간다는 선언이 섬뜩하다 못해 비장하다. 그걸 반복하는 것은 단호하다 못해 서럽고 두렵다. 그러니 목마른 고개 넘어가야 하는 팍팍한 서울 길, 그 길은 가고 싶지도 않고 가기도 힘든 길이다. 그러나 갈 수밖에 없는 길이며, 돌아오리라 약속도 할 수 없는 길이니 어찌하랴. 이 시의 화자가 남성이든 여성이든, 팔러 가는 그 몸이 노동력을 의미하든 성性을 의미하든, 자기 몸의 주체적 결정권을 갖지 못하게 되리라는 점에는 차이가 없다. 서울로 올라온 사람들 대부분은 도시 빈민이 되었건만, 서울에 있다는 이유만으로 고향 집의 생계를 책임져야 했다. 부모를 부양해야 했고 어린 동생들의 학비를 대야 했고 밭뙈기를 불리는 데도 보태야 했다. 공장에서 혹은 유흥가에서 몸을 팔면서 말이다.

사정이 이러하니 서울 가는 길이 얼마나 멀게만 느껴졌을까. 김민기의 〈서울로 가는 길〉은 발걸음이 떨어지지 않는 자식의 애타는 마음을 노래한다. 젊은 시절 양희은의 앳된 목소리로 듣는 편이 차라리 마음 편하리라.

우리 부모 병들어 누우신 지 삼 년에
뒷산에 약초 뿌리 모두 캐어 드렸지
나 떠나면 누가 할까 늙으신 부모 모실까
서울로 가는 길이 왜 이리도 멀으냐

아침이면 찾아와 울고 가던 까치야
나 떠나도 찾아와서 우리 부모 위로해
나 떠나면 누가 할까 늙으신 부모 모실까
서울로 가는 길이 왜 이리도 멀으냐

앞서가는 누렁아 왜 따라나서는 거냐
돌아가 우리 부모 보살펴 드리렴
나 떠나면 누가 할까 늙으신 부모 모실까

서울로 가는 길이 왜 이리도 멀으냐

좋은 약 구하여서 내 다시 올 때까지
집 앞에 느티나무 그 빛을 변치 마라
나 떠나면 누가 할까 늙으신 부모 모실까
서울로 가는 길이 왜 이리도 멀으냐

– 김민기 작사·작곡, 〈서울로 가는 길〉

이렇게 고향을 떠나온 이쁜이와 순이가 많기도 참 많았다. 누구나 에레나의 길을 걸은 것은 아니었다. 남의 집 식모살이를 하고, 버스 차장 안내양도 되고, 구두닦이에 신문 배달 등 할 수 있는 일은 죄다 했다. 그런가 하면 수많은 이가 구로공단의 산업 일꾼이 되어 집안 살림과 나라 살림을 일으키기도 했다. 한강의 기적의 주인공은 이들이다.

구로공단에서도 한강 변의 노을은 아름답게 빛나지 않았을까? 도시의 공단은 처연할 정도로 삭막했으되 사람들에 대한 인정과 희망만은 노을처럼 빛나지 않았을까? 하여 김민기는 〈강변에서〉라는 노래를 만들었고, 그것을 송창식이 무던하게 불렀다.

서산에 붉은 해 걸리고 강변에 앉아서 쉬노라면
낯익은 얼굴이 하나둘 집으로 돌아온다
늘어진 어깨마다 퀭한 두 눈마다

붉은 노을이 물들면 왠지 가슴이 설레인다

강 건너 공장의 굴뚝엔 시커먼 연기가 피어오르고
순이네 뎅그런 굴뚝엔 파란 실오라기 피어오른다
바람은 어두워 가고 별들은 춤추는데
건너 공장에 나간 순이는 왜 안 돌아오는 걸까

높다란 철교 위로 호사한 기차가 지나가면
강물은 일고 일어나 작은 나룻배 흔들린다
아이야 불 밝혀라 뱃전에 불 밝혀라
건너 강변에 오솔길 따라 우리 순이가 돌아온다

라라라 라라라 라라라 열아홉 살 순이가 돌아온다
라라라 라라라 라라라 우리 순이가 돌아온다
아이야 불 밝혀라 뱃전에 불 밝혀라
건너 강변에 오솔길 따라 우리 순이가 돌아온다

– 김민기 작사·작곡, 〈강변에서〉

서울이 마냥 환멸과 타락, 착취의 도시였던 것은 아니다. 많은 이
에게 희망과 기회의 땅이었음을 부인할 필요는 없다. 힘들고 모진
세월 속에서도 건강하게 살아간 이웃이 참으로 많고도 많았다.
　여느 여름보다 더 뜨거웠다는 1994년 여름. 우리가 그나마 그때를

견딜 수 있었던 것은 드라마 〈서울의 달〉이 있었기 때문이다. 중학교를 중퇴하고 제비족 생활을 하는 김홍식(한석규 분)과 농고를 졸업하고 상경한 우직한 박춘섭(최민식 분), 여상을 나와 작은 회사의 경리로 일하면서 어머니와 동생을 부양하는 차영숙(채시라 분), 독특한 개성을 가진 미술 선생 김인철(백윤식 분)과 그를 사모하는 장옥희(윤미라 분), 제비족 춤 선생인 박만석(김용건 분)과 제자 천호달(김영배 분), 꽃뱀 홍미선(홍진희 분) 등 다양한 인물 군상을 통해 서울 달동네 서민들이 겪는 애환을 맛깔나게 그려 냈던 드라마다. 복닥대는 달동네가 서울 어느 곳보다도 정겹고 건강하게 비쳤으니 드라마를 보는 내내 행복하기만 했다.

하지만 서울은 사람을 변하게 했다. 〈서울의 달〉의 김홍식이 이창

동 감독의 영화 〈초록 물고기〉의 막동이(한석규 분)와 자꾸 겹치는 것을 그래서 막을 수가 없다. 그 둘 모두 돌아가고 싶어 했다. 가난해도 모두가 행복했던 그때로 말이다. 그 그리움이 지금이라고 다를까. 그러니 드라마 〈응답하라 1994〉에 〈서울의 달〉의 주제가인 〈서울, 이곳은〉을 리메이크한 것은 마땅한 선택이었다.

아무래도 난 돌아가야겠어
이곳은 나에게 어울리지 않아
화려한 유혹 속에서 웃고 있지만
모든 것이 낯설기만 해

외로움에 길들여진 후로
차라리 혼자가 마음 편한 것을
어쩌면 너는 아직도 이해 못하지
내가 너를 모르는 것처럼

언제나 선택이란 둘 중에 하나
연인 또는 타인뿐인 걸
그 무엇도 될 수 없는 나의 슬픔을
무심하게 바라만 보는 너

처음으로 난 돌아가야겠어

힘든 건 모두가 다를 게 없지만
나에게 필요한 것은 휴식뿐이야
약한 모습 보여서 미안해

하지만 언젠가는 돌아올 거야
휴식이란 그런 거니까
내 마음이 넓어지고 자유로워져
너를 다시 만나면 좋을 거야

처음으로 난 돌아가야겠어
힘든 건 모두가 다를 게 없지만
나에게 필요한 것은 휴식뿐이야
약한 모습 보여서 미안해

약한 모습 보여서 미안해

– 김순곤 작사, 장철웅 작곡, 〈서울, 이곳은〉

탈도 많고 말도 많은 지금, 아무래도 우린 돌아가야겠다. 우리에겐 휴식이 필요하다. 약한 모습 좀 보이면 어떤가. 언젠가는 돌아올 터인 것을.

# 9. 시인은 무엇으로 사는가

밥벌이와 시 쓰기

아무리 밥벌이에 고달파도 오늘은 살아야겠다.

밥에서 김이 다 사라지기 전에 밥을 먹고 살아야겠다.

시인이여, 바람이 분다.

시를 써라, 조금도 근사하지 않은 우리의 생을.

# 시인은 얼마인가

커피를 즐긴 지 오래되었건만 오늘날처럼 호화찬란한 카페 공화국의 시민으로 살기에는 모자람이 많다. 다양하고 화려한 메뉴 앞에서 가끔 망설이다가도, 이내 돌아서서 첨가제가 전혀 들어가지 않은 따뜻한 커피만 늘 주문하기 때문이다. 더 비싼 걸 마시면 공정 무역에 보탬이 되어 산지 노동자에게 이익이 돌아간다든가 하면 모를까. 물론 그런 거창한 정의감이나 소신이랄 것까진 없고 그저 취향일 뿐이지만, 가뜩이나 비싼 커피를 웃돈까지 얹으며 마시고 싶지 않다는 계산속이 없는 것도 아니다. 그러나 무료 쿠폰이라도 뜨는 날엔 이야기가 달라진다. 온갖 달달한 거 얹고 얼음을 갈아 넣은 가장 비싼, 별로 좋아하지도 않는 커피를 주문한다. 가족이나 지인에게 건네주는 한이 있더라도 말이다. 나는 지금 생산과 소비, 상품과 가치에 대해 말하는 중이다.

자본주의 사회에서는 재화와 용역이 매매의 대상이다. 상품은 물론, 인간의 노동력, 아니 다른 능력까지도 심지어 인간과 인간의 관계까지도 그렇다. 당연히 시도 상품이 되고 시인도 상품이 된다. 그러니 어느 카페에서 다음 같은 메뉴를 만나더라도 놀라지 마시라.

---MEMU---


샤를 보들레르        800원

칼 샌드버그          800원

프란츠 카프카        800원


이브 본느프와      1,000원

에리카 종          1,000원


가스통 바슐라르   1,200원

이하브 핫산       1,200원

제레미 리프킨     1,200원

위르겐 하버마스   1,200원


시를 **공부**하겠다는

미친 제자와 앉아

커피를 마신다

제일 값싼

프란츠 카프카

-오규원, 〈프란츠 카프카〉

이 메뉴의 가격 책정 방식에 대해 말하자면, 왜 제러미 리프킨이나 위르겐 하버마스가 프란츠 카프카보다 1.5배 비싼지 나는 아는 바도 관심도 없다. 비싼 것일수록 좀 더 포스트 모던하면서도 트렌디하고 핫하고 팬시해 보이는 게 사실이긴 하다. 그런가 하면, 이들이 인문학 중에서도 산문적이고 사회과학적인 면이 있어, 비싼 게 상대적으로 실용 가치가 높아 뵈기도 하다. 하지만 다 그런 것도 아닐뿐더러 원래 취향과 관계된 것들의 가격은 합리적으로 설명하기가 힘든 면이 있으니 이렇다 저렇다 예단하지는 말자.

사실 누가 더 싸고 비싸냐 하는 것은 포인트가 아니다. 소비자의 취향은 변할 것이고 수요와 공급도 일정하진 않을 테니까. 하버마스라고 좋아할 일은 아니다. 그래 봤자 1,200원이다. 카프카라고 슬퍼할 것도 아니다. 이 메뉴판에 오르지조차 못한 수많은 시인을 생각해 보라. 그러니 이 시는 시인 개인에 대한 관심과는 거리가 멀다. 모든 것을 물화하여 문학이라는 정신적 가치마저 상품화하고 있는 현대 사회를 풍자하는 한편, 그런 시를, 아니 그 싸구려 시 따위를 무려 '공부'(원문에 이 단어만 고딕으로 표기되어 있음에 주목하라)하겠다는 제자와 그 스승인 자신, 이른바 인문학도들에 대한 자조를 드러낼 따름이다. 그래도 궁금하다. 시인은 얼마인가.

# 시는 얼마인가

맨부커 인터내셔널 수상에 빛나는 작가 한강이 메뉴판에 큼지막하게 걸릴 즈음, 예전 같았으면 마땅히 메뉴판에 올랐어야 할 시인 최영미가 페이스북에 글을 올려 화제가 되었더랬다. 세무서로부터 근로장려금을 신청하라는 통보를 받았다는 것. 연간 소득이 1,300만 원 미만이고 무주택자이며 재산이 적어 빈곤층에게 주는 생활보조금 신청 대상자가 되었다는 것, 그래서 연간 59만 2,000원을 받게 되었다는 것. 그는 이렇게 덧붙였다. "약간의 충격. 공돈이 생긴다니 반갑고 나를 차별하지 않는 세무서의 컴퓨터가 기특하다. 그런데 어쩌다 이 지경이 되었나." 이런 자조와 탄식은 듣기에도 아프다.

2015년 정부의 실태 조사에 따르면 전국의 예술인 가운데 예술 활동만으로 벌어들인 예술인의 평균 수입은 1,255만 원, 그중 문학인은 214만 원이었다고 한다. 시인은 문학인의 평균보다도 훨씬 적을 것이다. 갈수록 시 창작의 수요는 줄어드는데, 고료는 십 년 전 수준에 불과하기 때문이다. 편당 고료는 10만 원 넘게 주는 곳이 전국에서 너덧 군데 손꼽을 정도. 편당 2만~3만 원이 널렸고 여전히 어떤 잡지사는 고료를 잡지 구독료로 대신하기도 한다. 그런 형편에선 메뉴판의 자조마저 부럽기만 하다. 의당 이쯤 되면 등장시킬 법하건만, 함민복의 시 〈긍정적인 밥〉을 인용하지 않는 이유가 거기에 있다. 그것은 지나치게 착하다. 그 대신 다음 시를 보라. 그들에게 필요한 건 착한 사마리아인뿐이다.

시 한 편 순산하려고 온몸 비틀다가

삶던 빨래를 까맣게 태워버렸네요

남편의 속옷 세 벌과 수건 다섯 장을

시 한 편과 바꿔버렸네요

어떤 시인은 시 한 편으로 문학상을 받고

어떤 시인은 꽤 많은 원고료를 받았다는데

나는 시 써서 벌기는커녕

어림잡아 오만 원 이상 날려버렸네요

태워버린 것은 빨래뿐만이 아니라

빨래 삶는 대야까지 새까맣게 태워버려

그걸 닦을 생각에 머릿속이 더 새까맣게 타네요

원고료는 잡지구독으로 대체되는

시인공화국인 대한민국에서

시의 경제는 언제나 마이너스

오늘은 빨래를 태워버렸지만

다음엔 무얼 태워버릴지

속은 속대로 타는데요

혹시 이 시 수록해주고 원고료 대신

남편 속옷 세 벌과 수건 다섯 장 보내줄

착한 사마리언 어디 없나요

– 정다혜, 〈시의 경제학〉

가난한 시인이 어디 한둘이며, 시인이 가난한 것이 무어 새삼스러운 일이랴. 시인은 원래 가난해야 제격이 아니더냐. 헝그리 정신이 있어야 시가 나오는 것 아니겠는가. 이런 말은 이제, 아주 공손히 말하건대, 홀로 길 가는 개에게도 하지 말자. 그러잖아도 시인들은 이미 가난했다. 가난하지 않아도 가난을 노래할 수 있고, 가난을 노래하지 않아도 가난한 이에게 힘이 될 수 있다. 아이돌이 꼭 사랑을 알아서 사랑을 노래하더냐. 헝그리 정신이 아니라 프로 정신이 더 필요한 것 아니더냐. 시 창작을 전업으로 삼을 프로 시인이 넘쳐야 그중에서 노벨상이든 맨부커상이든 무슨 메달을 따오고, 그래야 호화찬란한 글로벌 메뉴판 상단에 이름을 올릴 것 아니겠는가 말이다.

## 시는
## 결코 근사하지 않다

그런데도 시인들은 왜 시인이 되는가. 대관절 시에 뭐가 들어 있기에 생계유지의 고단함을 무릅쓰고 기필코 시인이 되고자 하는가. 오규원이 다시 답한다.

시詩에는 무슨 근사한 얘기가 있다고 믿는

낡은 사람들이

아직도 살고 있다. 시詩에는

아무것도 없다

조금도 근사하지 않은

우리의 생<sub>生</sub>밖에.


믿고 싶어 못 버리는 사람들의

무슨 근사한 이야기의 환상밖에는.

우리의 어리석음이 우리의 의지와 이상 속에 자라며 흔들리듯

그대의 사랑도 믿음도 나의 사기도 사기의 확실함도

확실한 그만큼 확실하지 않고

근사한 풀밭에는 잡초가 자란다.


확실하지 않음이나 사랑하는 게 어떤가.

시<sub>詩</sub>에는 아무것도 없다. 시<sub>詩</sub>에는

남아있는 우리의 생<sub>生</sub>밖에.

남아있는 우리의 생<sub>生</sub>은 우리와 늘 만난다

조금도 근사하지 않게.

믿고 싶지 않겠지만

조금도 근사하지 않게.

— 오규원, 〈용산에서〉


시인들은 낡은 사람들이다. 시를 '공부'하겠다는 것은 미친 일이
다. 무슨 근사한 이야기가 있답시고 시를 사랑하는, 시를 잊지 않은

그대와 나, 우리 모두는 어리석은 사람들이다. 시에는 아무것도 없다. 조금도 근사하지 않은 우리의 생生밖에.

그래서 이 시는 반어反語가 된다. 확실히 시는 근사하지 않고, 우리 생 또한 근사하지 않다. 근사한 시, 근사한 인생이 얼마나 되겠는가. 그런데 이때 '근사하다'라고 함은 값이 나가는, 교환 가치가 높은 구매력을 끌 만한 매력의 대상을 의미하리라. 시에는 그런 근사한 가치가 없다. 교환 가치가 없다. 오죽하면 고작 800원짜리 메뉴이겠는가. 시에 왜 근사한 가치가 없을까. 그건 우리 생을 담기 때문이다. 우리 생이 교환 가치의 대상이 될 때 우리는 살 가치가 없다. 정말 시간이 돈이라면, 시간이 금이라면, 부자는 영생할지 모른다. 우리의 생을 다 사 모을 테니 말이다.

영화 〈인 타임〉을 보라. 인류의 가까운 미래를 그린 이 영화에서 모든 인간은 25세가 되면 노화가 멈추는 대신, 인구 증가를 억제하기 위해 1년의 유예 시간을 무상으로 제공받고, 이후 수명을 연장하려면 시간을 구입해야만 한다. 시간은 화폐처럼 거래된다. 일을 하면 시간을 벌고 물건을 사면 시간을 지불한다. 커피는 4분, 버스 요금은 2시간, 스포츠카는 59년…. 시간은 팔뚝에 새겨진 '카운트 바디 시계'에 저장된다. 시간을 모두 소진하고 시계의 13자리 숫자가 0이 되는 순간, 그 즉시 인간은 사망한다. 그러니 부자들은 영생을 누릴 수 있게 된 반면, 가난한 자들은 시간을 노동으로 사거나 빌리거나 훔쳐야만 한다. 생이 교환 가치가 크면 클수록 근사하면 근사할수록 우리는 죽는 것이다.

영화 〈인 타임〉에서 시간은 화폐처럼 거래된다. 생이 교환 가치가 크면 클수록 근사하면 근사할수록 우리는 죽는 것이다.

다행히도 생은 재화가 아니고 물질적 시간인 것만도 아니다. 생은 환산될 수 없고 대체될 수 없는, 근사하지 않지만 가장 소중한 것이다. 시 〈용산에서〉의 2연을 보라. 시는 확실하지 않다. 확실하지 않은 것은 근사하지 않다. 근사함이 알려지는 순간, 골드러시처럼 사방에서 소나 개나 몰려든다. 그래서 2연의 멋진 마무리를 보라. 근사한 풀밭에는 잡초만 자랄 뿐이다. 정말 다행히도 시는, 그리고 우리 인생은, 역설적이게도 근사하지 않기에 잡초가 자라지 않는다.

그곳이 바로 "임금님 귀는 당나귀 귀"란 말을 못 해 복두쟁이가 찾아간 대나무 숲이다. 목숨 건 사연 정도를 가진 이가 말 안 하고 감추면 속 터져 죽을까 봐, 마침내 찾아와 통곡하는 자리다. 근사하지 않기에 아무도 찾지 않는 곳. 그래서 비로소 다시 살게 되는 곳. 그곳이 쓸모가 없다고 숲을 허물고 공장만 지어 대면 잡초만 살게 되고 우리는 죽는다.

그러기에 이 시에서 유독 한자로 빛을 발하는 두 시어를 보라. 시詩와 생生. 시는 생이다. 조금도 근사하지 않은 우리 생, 제일 값싼 프란츠 카프카 같은 생, 그래서 기꺼이 시인이 되고 시를 공부하겠다는 미친 제자와 스승이 되는 게다.


## 밥벌이하는 시인

시가 근사하지 않은데 시인의 삶이 근사할 리 만무하다. 그도 밥을 먹고살아야 하며 가족에게 밥을 먹이기 위해 밥벌이를 해야 하는 사람이다. 밥벌이는 지겨운 일이다. 작가 김훈이 〈밥 1〉에서 이야기했듯이, 한두 끼도 아니고 죽는 날까지 때가 되면 먹어야 하는 게 밥이기 때문이다. 그러니 문학으로 밥벌이해야 하는 처지에 다섯 남매를 건사해야 하는 시인 가장家長의 심정이 오죽할까.

나는 우리 신규信圭가
젤 예뻐.
아암, 문규文圭도 예쁘지.
밥 많이 먹는 애가
아버진 젤 예뻐.
낼은 아빠 돈 벌어가지고
이만큼 선물을
사갖고 오마.

이만큼 벌린 팔에 한 아름
비가 변變한 눈 오는 공간空間.
무슨 짓으로 돈을 벌까.
그것은 내일에 걱정할 일.
이만큼 벌린 팔에 한 아름
그것은 아버지의 사랑의 하늘.
아빠, 참말이지.

접 때처럼 안 까먹지.

아암, 참말이지.

이만큼 선물을

사갖고 온다는데.


이만큼 벌린 팔에 한 아름

바람이 설레는 빈 공간空間.

어린것을 내가 키우나.

하나님께서 키워 주시지.

가난한 자者에게 베푸시는

당신의 뜻을

내야 알지만.

상床 위의 찬饌은 순식물성純植物性.

숟갈은 한죽에 다 차는데

많이 먹는 애가 젤 예뻐.

언제부터 측은惻隱한 정情으로

인간人間은 얽매여 살아왔던가.

이만큼 낼은 선물 사 오께.

이만큼 벌린 팔을 들고

신神이여. 당신 앞에

육신肉身을 벗는 날,

내가 서리다.

- 박목월, 〈밥상 앞에서〉

밥이 맛있으면 굳이 밥 많이 먹어라 할 필요도 없다. 한데 밥상 위의 반찬이라고는 식물성뿐이다. 그러니 아비로선 다른 책략이 필요하다. 밥 많이 먹는 애가 예쁘다면서 비교와 경쟁의 전략을 구사하기도 하고 미래의 선물을 기대하게 하는 보상의 전략도 구사한다. 하지만 밥 많이 먹는 애가 아비 눈엔 예쁘다는 것도 사실이고, 애가 밥을 많이 먹으면 아비는 더 많이 벌어 와야 하는 것도 진실이다.

목월은 알고 있다. 신神 앞에서 육신肉身을 벗을 때까지 밥벌이해야 한다는 것을. 그러기에 밥상 앞에서 목월은 "언제부터 측은한 정으로 인간은 얽매여 살아왔던가"라며 탄식을 내뱉는다. 밥벌이는 힘든 일이다. 그러나 행복하기도 한 것이 또 밥 먹는 가족들의 모습을 바라보는 것이다. 가족을 먹여 살리는 일은 인간으로서 참으로 숭고한 일이 아닌가. 행복한 비애라는 역설이 이를 두고 하는 말일 테다.

물론 그에게는 신神이 있어 밥벌이 문제쯤이야 "그것은 내일에 걱정할 일"이라 넘길 수 있겠지만, 믿음의 분량이 저절로 장성지는 않는 법이다. "공중의 새를 보라 심지도 않고 거두지도 않고 창고에 모아들이지도 아니하되 너희 하늘 아버지께서 기르시나니, 너희는 이것들보다 귀하지 아니하냐?"(마태복음 6:29) 이에 시인은 이렇게 말하는 듯하다. "하오나 신이시여, '가난한 자에게 베푸시는 / 당신의 뜻을 / 내야 알지만', 저도 아비는 아비이오니 저 '측은한' 어린것들, 저 '귀한' 어린것들에게 저는 어찌해야 한단 말입니까."

밥벌이는 지겹고 숭고하고 두려운 일이다. 목월이 수필을 썼다면 그 제목은 '밥벌이의 두려움'이라 했을 성싶다. 오늘도 나가서 밥을 벌어 올 수 있을까. 시를 팔아 밥을 벌어 올 수 있을까. 당장에 대책은 없다. 다시 말하거니와, 시인도 밥벌이를 해야 하는 사람이다. 그래서 시인의 입에서 나오는 말이 이렇다. "무슨 짓으로 돈을 벌까."

## 밥 먹는 시인

나이든 남자가 혼자 밥 먹을 때
울컥, 하고 올라오는 것이 있다
큰 덩치로 분식집 메뉴표를 가리고서
등 돌리고 라면발을 건져 올리고 있는 그에게,
양푼의 식은 밥을 놓고 동생과 눈 흘기며 숟갈 싸움하던
그 어린것이 올라와, 갑자기 목메게 한 것이다.

몸에 한세상 떠넣어주는
먹는 일의 거룩함이여.
이 세상 모든 찬밥에 붙은 더운 목숨이여
이 세상에서 혼자 밥 먹는 자들
풀어진 뒷머리를 보라
파고다 공원 뒤편 순댓집에서
국밥을 숟가락 가득 떠 넣으시는 노인의, 쩍 벌린 입이

시인은 밥벌이만 하지 않는다. 시인도 밥을 먹는다.
한데 밥 먹다가 벌어지는 이 시인의 느닷없는 각성
과 감정의 급변, 그리고 터지는 눈물이라니! 해서
〈거룩한 식사〉를 읽을 때면 영화 〈우아한 세계〉의
마지막 장면, 강인구(송강호 분)가 혼밥을 하는 장
면이 겹친다.

나는 어찌 이리 눈물겨운가.

– 황지우, 〈거룩한 식사〉

시인은 밥벌이만 하지 않는다. 시인도 밥을 먹는다. 한데 밥 먹다가 벌어지는 이 시인의 느닷없는 각성과 감정의 급변, 그리고 터지는 눈물이라니! 해서 이 시를 읽을 때면 늘 영화 〈우아한 세계〉의 마지막 장면, 강인구(송강호 분)가 이른바 혼밥을 하는 장면이 겹친다.

가족을 모두 캐나다로 떠나보낸 기러기 아빠 강인구. 조폭 악당의 삶을 살면서도 가족을 위해 온갖 험한 일과 모욕을 견디며 충실히 밥벌이를 한다. 텅 빈 집에서 홀로 라면을 끓여 먹는데 아들이 보낸 소포가 온다. 단란한 가족들의 모습이 담긴 비디오테이프. 인구는 라면 냄비를 든 채로 비디오를 켜고, 행복하게 지내는 가족들의 모습을 보며 흐뭇하게 혹은 허탈하게 웃는다. 그러다 서서히 울먹거리기 시작한다. 복받치는 서러움과 외로움. 분노에 찬 그는 라면 그릇을 내동댕이친다. 밥벌이의 서러움과 혼자 밥 먹는 서러움이 이토록 절절히 한 방에 터진 사례를 일찍이 본 적이 없는데, 진짜 압권은 그다음이다. 성질을 부려 봤지만 달라진 건 없다. 수습도 자신의 몫인 것. 그는 러닝셔츠와 팬츠 차림으로 거실 바닥에 흩어진 라면발을 조용히 열심히 치우기 시작한다. 쓰레기봉투까지 가져오면서. 자신만 빠진 채 행복한 표정의 가족들은 비디오 속에서 계속 흘러나오고.

달리 괜히 식구食口인가. 같이 밥을 먹어야 식구이고, 그러려고 밥벌이해 오는 게 가장의 몫이 아니던가. 식구가 아니어도 좋다. "진지

드셨어요?"가 인사인 나라, "밥 한번 먹자"라든가 "밥 한번 살게"가 든든하고 따스한 약속이 되는 나라, 이런 나라에서 혼자 밥벌이하고 혼자 밥 먹는 게 오죽이나 서러웠을까. 하지만 혼밥은 성찰을 가져 다주나 보다. 영화 속 강인구는 혼밥을 하며 자신을 새삼 되돌아보고, 시인 황지우는 어린 시절을 추억하고 이웃을 돌아보며 새삼 밥 먹는 일의 거룩함에 대해 깨닫고 눈물겨워 한다. 시인은 밥벌이를 해도 시를 쓰고, 어떨 때는 밥을 먹는 와중에도 쓰나 보다. 다음 시를 보라.

어느
늦은 저녁 나는
흰 공기에 담긴 밥에서
김이 피어 올라오는 것을 보고 있었다
그때 알았다
무엇인가 영원히 지나가버렸다고
지금도 영원히
지나가버리고 있다고

밥을 먹어야지

나는 밥을 먹었다

– 한강, 〈어느 늦은 저녁 나는〉

이 시도 느닷없다. 공깃밥에서 김이 피어올랐다가 사라지는 것을 보곤 문득 깨닫는다. 무엇인가가 영원히 지나가 버리고 있다고. 그러고선 결심한다. 밥을 먹어야겠다고. 그리하고 먹었다. 거룩한 식사라도 하듯이. 이 시는 폴 발레리의 〈해변의 묘지 Le Cimetière marin〉(1920)를 닮았다. 매우 긴 작품이건만 달랑 "바람이 분다… 살아야겠다"로 널리 알려진 그 시 말이다. 사는 게 먹는 거라면 "바람이 분다, 밥 먹어야겠다"라고 한들 뭐가 다르랴.

많은 시인에게 회자되어 온 발레리의 이 한 구절. 그래서 이제 다시 오규원을 만나는 것으로 우리의 순례도 끝이 난다.


1

들은 길을 모두 구부린다
도식주의자가 못 되는 이 들[平野]이
몸을 풀어
나도 길처럼 구부러진다


2

종일
바람에 귀를 갈고 있는 풀잎
길은 늘 두려운 이마를 열고
나를 멈춘 자리에 다시

웅크린 이슬로 여물게 한다


모든 길은 막막하고 어지럽다 그러나
고개를 넘으면
전신이 우는 들이 보이고
지워진 길을 인도하는 풀이 보이고
들이 기르는 한 사내의
편애와 죽음을 지나


먼 길의 귀 속으로 한 발자국씩
떨며 들어가는
영원히 집이 없을 사람들이 보인다


바람이 분다 살아봐야겠다


3

바람이 분다, 살아봐야겠다
숲이 깊을수록 길을 지워버리는 들에서
무엇인가 저기 저 길을 몰고 오는
바람은
저기 저 길을 몰고 오는 바람 속에서

호올로 나부끼는

몸이 작은 새의 긴 그림자는


무엇인가 나에게 다가와 나를 껴안고

나를 오오래 어두운 그림자로 길가에 세워두고

길을 구부리고 지우고

그리고 무엇인가 멈추면서 나아가면서

저 무엇인가를 사랑하면서

나를 여기에서 떨게 하는 것은

– 오규원, 〈순례 서序〉


제목부터가 심상찮다. 순례라니. 시인은 순례자란 말이 아니겠는가. 그렇다면 저 들[平野]은 시의 세계임이 분명하다. 도시라면 길은 모름지기 직선이 최고다. 가장 효율적이고 빠르다. 하지만 들은 길을 구부린다. 길은 지워지고 막막하고 어지럽다. 구도의 길이 그렇다. 도대체 근사하지 않은 이 길. 길답지 않은 이 길. 한데 무엇이란 말인가. 나에게 다가와 나를 껴안고 무엇인가를 사랑하면서 나를 여기에서 떨게 하는 것은.

호화찬란한 카페 공화국은 아닐 것이다. 근사하지 않은 생밖에 담은 것이라곤 없는 용산이나 대나무 숲이 아닐까. 카프카가 아닐까. 해변의 발레리는 아닐까. 바람이 분다. 살아 봐야겠다. 아무리 밥벌이에 고달파도 오늘은 살아야겠다. 밥에서 김이 다 사라지기 전에 밥을 먹고 살아야겠다. 시인이여, 바람이 분다. 시를 써라, 조금도 근사하지 않은 우리의 생을.

# 10. 순한 마을에 별은 내리고

험한 세상에 시인이 되어

도시의 하늘을 떠난 별들은 어디로 갔을까?

어디로 가야 했을까?

그러다 덜컥 별들은 게서 걸음을 멈췄다.

오순도순 착하게 사는 사람들,

그들이 모인 마을에 별이 많은 까닭이 거기에 있다.

## 시인의 마을

누구 하나 예외 없이 돌아가며 노래 한 자락씩 불러야 하는 자리가 대학 시절엔 왜 그리 많았던지. 게다가 앞사람과 겹치면 안 되니, 레퍼토리 서너 곡쯤은 항상 준비해 두는 것이 필수. 어쩌다 시를 전공하게 되면서부터 그 가운데 하나는 으레 다음 곡의 차지였다. 시인도 아닌 주제에 말이다.

창문을 열고 음 내다봐요
저 높은 곳에 푸른 하늘 구름 흘러가며
당신의 부푼 가슴으로 불어오는
맑은 한 줄기 산들바람

살며시 눈감고 들어 봐요

먼 대지 위를 달리는 사나운 말처럼

당신의 고요한 가슴으로 닥쳐오는

숨 가쁜 자연의 생명의 소리


누가 내게 따뜻한 사랑 건네주리오

내 작은 가슴을 달래주리오

누가 내게 생명의 장단을 쳐주리오

그 장단에 춤추게 하리오


나는 자연의 친구 생명의 친구

상념 끊기지 않는 사색의 시인이라면 좋겠소

나는 일몰의 고갯길을 넘어가는

고행의 수도승처럼

하늘에 비낀 노을 바라보며

시인의 마을에 밤이 오는 소릴 들을 테요

- 정태춘 작사·작곡, 〈시인의 마을〉 중에서


〈시인의 마을〉이라는 제목답게 노랫말 또한 시적이었다. 이때 시적이란 곧 낭만을 말하는 것이기도 했다. 삭막하고 엄혹하던 시절, 창문을 열고 하늘을 보며 산들바람을 호흡하는 것, 그것을 상상하는 것만으로도 가슴이 부풀어 올랐다. 시각만으로는 부족한가. 이젠 살며시 눈 감고 들어보는 거다. 먼 대지 위를 달리는 사나운 말발굽 소리를. 압도적이다. 말 달리는 거라고는 카우보이들이 나오는 영화밖에 몰랐던 나에게 이 노랫말은 총천연색 파라마운트 뷰와 입체 서라운드 음향이 함께 어우러진 대장편 서사극의 한 장면처럼 다가왔다. 노랫말처럼 자연의 소리와 생명의 고동으로 이내 숨이 가빠지고 맥박이 빨라지는 듯했다.

고독해도 좋다. 가난한 시인이니 사랑조차 사치일지 모른다. 그러니 과연 누가 내게 따뜻한 사랑을 건네주겠느냐로 들렸다. 내게 장단을 쳐주며 나를 춤추게 해 줄 이, 그런 그리스인 조르바가 내게 있겠느냐로 들린 것도 그 때문이다. 하지만 어쩌랴. 나는 자연의 친구요, 생명의 친구요, 상념 끊이지 않는 사색의 시인이면 족하다. 어차피 시인은 고행의 수도승인 것을. 다만 그 시인들이 모여 사는 마을, 그런 마을이 있기만 바랐을 따름이다.

당시 음유 시인이란 말에 가장 어울리는 가수로 정태춘이 오르내린 것은 마땅한 일이었다. 1954년 농부의 아들로 태어난 그가 독학으로 기타를 배우며 습작처럼 만든 자작곡들을 모아 낸 첫 음반 〈시인의 마을〉(1978)에는 이 노래만이 아니라 〈촛불〉, 〈사랑하고 싶소〉 등등 대중의 사랑을 받은 명곡들이 있다. 이 음반에서 〈시인의 마을〉과 더불어 내가 좋아했던 것은 〈서해에서〉였다. 이후 발표된 불후의 명곡 〈떠나가는 배〉(1984)와 〈북한강에서〉(1985)도 나에겐 같은 계열의 노래로 각인되어 있다.

그의 노래는 확실히 이전의 포크 음악과는 달랐다. 우리 언어에 맞는 노래의 몸을 비로소 찾은 듯한 신선함과 편안함, 그의 노랫말에 담긴 고독과 떠남과 번민과 구도의 체취를 나는 좋아했다. 모든 현실이 무겁고 힘겨워서, 탈속조차 그 시절에는 낭만처럼 여겨졌다. 술자리에서조차 이념 가득한 노래를 불러야 했던 그 시절, 정태춘은 숨통 노릇을 단단히 해 줬다.

그랬기에 그가 〈아, 대한민국…〉(1990)을 들고 나왔을 때 나는 경악했다. 석사 때까지 내가 전공했던 일제 강점기하의 카프KAPF도, 그 이후의 여하한 민중시도 감히 구현하지 못한 직설과 반어의 긴장과 교차가 노래로, 비록 합법적으로 유통되지는 못했지만 그래도 대중가요의 노랫말로 꽝꽝 울려 나오는 게 아니겠는가. 노래 앞뒤로 비극적 서사 내레이션이 속사포처럼 쏟아져 나오는 〈우리들의 죽음〉은 또 어떠했는가. 이 글을 쓰느라 다시 들어 봐도 가슴이 아파 중간에 멈추고, 차마 끝까지 듣지 못했다. 그때보다 더 못 들었다. 그때의 비극보다 더 큰 세월호 때문이다. 그새 사반세기가 흘렀어도 현실은 나아지지 않았다.

하지만 고백하건대 처음 이 노래들을 들을 땐, 카프 시를 연구할 때처럼 양가적 감정이 동시에 들곤 했다. 새로운 서정과 노래의 세계를 여는 것에 대한 기대, 다른 한편으로는 서정을 떠나 서사의 세계, 그러다 결국 노래를 버리고 현실의 세계로 가 버리지 않을까 하는 불안 때문이었다. 내가 좋아했던 〈시인의 마을〉 노랫말이 사전 심의로 개작된 것이었고 원 가사는 다르다는 것을 알게 되었을 때도 마찬가지 심정이었다. 진실을 만나는 것은 때로 두려운 일이다. 정태춘은 변한 게 아니었을지도 모른다. 원곡을 들으며 부끄러워졌다. 그

아, 대한민국… 정태춘 5

정태춘의 〈아, 대한민국〉은 내게 충격이었다. 민
중시도 감히 구현하지 못한 직설과 반어의 긴장과
교차가 노랫말로 쾅쾅 울려 나오는 게 아니겠는가.

들에 의해 조작된 나의 낭만 때문이었다. 한데 도무지 부정하거나 버릴 수가 없었다. 나의 추억 속에 남아 있는, 나의 숨을 쉬게 해 줬던 노랫말이 여전히 내게는 더 가슴에 와닿는다는 사실을.

그러던 그가 멋지게 한방 나를 먹인 것이 〈나 살던 고향〉(1993)이다. 넌 아직도 노을 비낀 낭만의 마을을 찾느냐고. 시와 서정 그리고 노래는 감상적이어야만 하느냐고. 구도는 포즈에 불과한 것, 정작 너의 문화적 기호와 감수성은 부르주아적 체질에 불과한 것 아니었느냐고. 그래, 이번엔 내가 자작시가 아니라 기성 시인의 시로 불러 주마.


## 섬진강 유곡나루, 그 터엔

육만 엥이란다

후쿠오카에서 비행기 타고 전세버스 타고

부산 거쳐 순천 거쳐 섬진강 물 맑은 유곡나루

아이스박스 들고 허리 차는 고무장화 신고

은어잡이 나온 일본 관광객들

삼박사일 풀코스에 육만 엥이란다

초가지붕 위로 피어오르는 아침 햇살

신선하게 터지는 박꽃 넝쿨 바라보며

니빠나 모노 데스네 니빠나 모노 데스네

가스불에 은어 소금구이 살살 혀 굴리면서

신간선 왕복 기차 값이면 조선 관광 다 끝난단다

육만 엥이란다 낚싯대 접고 고무장화 벗고

순천 특급 호텔 사우나에서 몸 풀고 나면

긴 밤 내내 미끈한 풋가시내들 서비스 볼 만한데

나이 예순 일본 관광객들 칙사 대접 받고

아이스박스 가득 등살 푸른 섬진강

맑은 몸 값이 육만 엥이란다.

- 곽재구, 〈유곡나루〉

이 시에 곡을 붙인다는 걸 상상이나 해 봤을까. 놀랍게도 정태춘은 트로트와 국악을 넘나드는 가락에, 시적 허용이라 할 만한 정도의 변형을 제외하고는 원시의 시어들을 거의 그대로 두고 노래로 담아내는 데 성공했다. 다만 시인의 양해를 얻어 곡의 마무리에 "나의 살던 고향은 꽃피는 산골 나니나니나"를 붙였을 따름이다. 그리고 잘 알려졌다시피, 공연장에서 저 '나니나니나'는 곧잘 'X돼 부렸다'로 불리곤 한다. 아무런들 곽재구의 〈유곡나루〉가 없었으면 이 곡은 없다.

느릅나무가 많아 그렇게 불리는, 줄배로 넘나들던 유곡나루. 섬진강 고기잡이의 명당이었다고 하는 곳. 푸릇푸릇한 산세와 시원하고 맑은 물줄기, 산들산들 강바람 불어오고 눈 감으면 말발굽처럼 강물

시인 곽재구는 섬진강 맑은 물을 이상향처럼 흥얼
대는 것이 아니라 유린당하고 강탈당한 현실의 모
습으로 노래했다. 한때 섬진강 유곡나루는 빼앗긴
시인의 마을이 아니었을까.

소리 들려오던, 그곳이야말로 시인의 마을이 아니었을까. 그 상실의 지대에 시인 곽재구는 서 있는 듯하다. 거기서 그는 빼앗긴 강을 노래한다. 섬진강 맑은 물을 이상향처럼 흥얼대는 것이 아니라 유린당하고 강탈당한 현실의 모습으로 드러내는 것이다. 물론 섬진강의 시인 김용택이 〈섬진강 1〉이란 시에서 말한 것처럼 그 물이 몇몇 놈이 달려들어 퍼낸다고, 몇몇 아비 없는 후레자식들이 퍼간다고 마를 강물이겠느냐만, 그래도 곽재구의 저 '등살 푸른 섬진강 맑은 몸'은 심상치 않게 들린다. 그 등살은 은어의, 가시내의, 민중의, 민족의 등살로 확장되기 때문이다. 이 시를 배일排日의 시로만 읽는 것은 부적절하다. 이제는 은어도, 은어 낚시꾼도, 일본 관광객도 없어졌지만, 그래서 무엇이 달라졌는가. 무엇이 좋아졌는가. 시인의 마을은 어디에 있는가.

곽재구의 신춘문예 등단작은 〈사평역에서〉이다. 같은 제목으로 발행된 그의 시집 《사평역에서》는 1983년 초판을 발행한 뒤 10만 부가 팔린 스테디셀러로 알려져 있다. 그런가 하면 임철우의 소설 〈사평역〉의 모티프가 됨으로써 고등학교 국어와 문학 교과서에 두루 실리기도 한다. 하지만 그래서 역설적으로 〈사평역에서〉는 이 시인의 족쇄 구실도 한다. 그 시 하나로 알려지기엔 이 시인의 진폭이 너무도 넓고 크기 때문이다. 다만 여전히 나는 그 시에서 이 시인의 진정한 프로필, 불빛에 비친 그의 옆얼굴 모습을 찾는다.

막차는 좀처럼 오지 않았다

대합실 밖에는 밤새 송이눈이 쌓이고

흰 보라 수수꽃 눈시린 유리창마다

톱밥난로가 지펴지고 있었다

그믐처럼 몇은 졸고

몇은 감기에 쿨럭이고

그리웠던 순간들을 생각하며 나는

한줌의 톱밥을 불빛 속에 던져주었다

내면 깊숙이 할 말들은 가득해도

청색의 손바닥을 불빛 속에 적셔두고

모두들 아무 말도 하지 않았다

산다는 것이 때론 술에 취한 듯

한 두릎의 굴비 한 광주리의 사과를

만지작거리며 귀향하는 기분으로

침묵해야 한다는 것을

모두들 알고 있었다

오래 앓은 기침소리와

쓴 약 같은 입술 담배 연기 속에서

싸륵싸륵 눈꽃은 쌓이고

그래 지금은 모두들

눈꽃의 화음에 귀를 적신다

자정 넘으면

낯설음도 뼈 아픔도 다 설원인데
단풍잎 같은 몇 잎의 차장을 달고
밤열차는 또 어디로 흘러가는지
그리웠던 순간들을 호명하며 나는
한줌의 눈물을 불빛 속에 던져주었다

– 곽재구, &lt;사평역에서&gt;

사평역. 막차는 오지 않고 송이눈은 밤새 쌓여 가는데, 대합실 안에서 아무 말 않으며 각자의 고단한 삶을 챙기는 민초들이 있다. 한결같이 순한 사람들이라 모두 눈꽃의 화음에 귀를 적시는 그 순간, 이들을 지켜 주는 저 보잘것없는 톱밥 난로에 그리웠던 순간들을 생각하며 한 줌의 톱밥, 한 줌의 눈물을 던져 주던 사람. 그이가 바로 시인 곽재구가 아니었을까. 잃어버린 고향, 빼앗긴 섬진강, 사라진 낭만과 너무나 머나먼 저 이상향을 향해, 그래도 한 줌 눈물을 던져 주는 이. 아마도 저 사평역, 실재하지 않는 그 역에서 그가 기다린 것은 유곡나루의 옛터, 평등한 세상 혹은 시인의 마을로 향하는 마지막 열차였을지 모른다.


## 별들의 고향

곽재구 시인이 판화가 이철수의 전시회에 참석했다는 기사를 읽은

적이 있다. 친구 사이였구나. 흥미 삼아 확인해 보니, 곽재구, 이철수
는 물론, 정태춘도 1954년생 동갑내기다. 이들이 모여 살면 그게 시
인의 마을 아닐까? 어떤 모습의 마을일까?

도종환 시인이 답을 주었다. 내가 들은 어느 강연에서 그는 중학
교 교과서에 실려 널리 알려진 자신의 시 〈어떤 마을〉을 읊었다. 입
에 달라붙고 귀를 적시는, 참 겸손하고 따스하게 들리는 시 낭송이
었다.

> 사람들이 착하게 사는지 별들이 많이 떴다
> 개울물 맑게 흐르는 곳에 마을을 이루고
> 물바가지에 떠담던 접동새 소리 별 그림자
> 그 물로 쌀을 씻어 밥 짓는 냄새 나면
> 굴뚝 가까이 내려오던
> 밥티처럼 따스한 별들이 뜬 마을을 지난다
>
> 사람들이 순하게 사는지 별들이 참 많이 떴다
>
> — 도종환, 〈어떤 마을〉

이런 시는 너무 맑아서 토를 다는 것이 외람스럽다. 알맞추 익은
밥, 딱 그 정도의 따스한 온기가 느껴지는 시. 이런 시는 정성껏 한술
떠서 꿀꺽 삼키고 입안에 퍼지는 그 맛을 음미하며 슬쩍 입가를 올
려 미소 지으면 그뿐이다.

한데 도종환의 말에 따르면 이 시는 천둥산 박달재 옆 충청북도 제천시 백운면 평동리에 사는 친구, 바로 판화가 이철수의 집에서 쓴 것이라 한다. 마당에서 하늘을 보니 하얗게 뿌려진 별밭 같더라는 것. 그러면서 문득 이런 생각이 들었단다. 도시 하늘의 별들은 다 어디로 간 것일까? 별들은 왜 도시의 하늘을 떠나고 있는 것일까?

중학교 2학년 정도면 이 질문에 쉽게 답할 수 있을 것이다. 실제로 내가 쓴 교과서에 실린 제재가 바로 도시의 밤하늘에 관한 글이기도 했으니까. 그 글에 따르면 이렇다. 스페인 천문학자들과 천체 관측 동호회 회원들, 그리고 환경 운동가들이 주도한 시위가 있었는데, 그들이 내건 구호가 재미있게도 "누가 은하를 훔쳤는가?"였다는 것. 도시가 과도하게 빛을 낭비함으로써 동물들의 짝짓기와 새끼 먹이 주기 같은 본능적 행동을 방해하고 하늘의 은하수마저 죽이고 있다는 것. 어두운 밤이 되살아나야 별이 다시 빛나게 되고 생태계가 안정을 찾으리라는 것.

맞는 말이다. 하지만 별이 안 보이는 것과 별이 떠난 건 다르다. 후자는 아주 심각한 문제다. 이에 대한 시인의 생각은 이럴 것이렸다. 사람들이 일에만 얽매여 바쁘다는 이유로 발밑만 쳐다보느라 더 이상 예전처럼 자기를 사랑하지 않는다는 사실을 알고 별들이 견딜 수 없었던 거라고. 도시라는 곳에선 별은커녕 이웃조차 돌아보질 않는데, 고개 들어 자기를 볼 이유나 여유가 있겠느냐고.

그래서 도시의 하늘을 떠난 별들은 어디로 갔을까? 어디로 가야 했을까? 아마 별들도 당황하고 또 방황했으리라. 그러다 덜컥 구름

별들은 드디어 시인의 마을을 찾았다. 게서 걸음을
멈췄다. 순한 사람들이 모여 살아 별들도 그곳이 마
음에 꼭 들었으리라.

도 울고 넘는 박달재를 넘어갈 때였겄다. 별은 보았을 것이다. 물항라 저고리가 궂은비에 젖는데도 부엉이 우는 산골 떠나가는 임에게 도토리묵을 싸서 허리춤에 달아 주며 한사코 울기만 하는 박달재의 금봉이를 말이다.

별들은 게서 걸음을 멈췄다. 정착할 만한 곳을 드디어 찾았으니까. 오순도순 착하게 사는 사람들, 그들이 모인 마을에 별이 많은 까닭이 거기에 있다. 그런 사람들은 자신을 돌아보고 이웃을 돌보고 밤하늘을 본다. 그래서 도종환 시인은 단언하는 것이다. 별이 많이 뜨는 이유는 착하게 살아서라고, 사람들이 순하게 살면 별이 많이 뜬다고.

꼭 시인이 모여 살지 않아도 그런 사람들이 많이 모인 마을이 시인의 마을일 것이다. 시인이 간절히 노래하고 그리고 싶었던 그런 마을이었을 것이다. 정태춘이 노래하고, 곽재구가 기다리고, 이철수가 별을 그리고, 도종환이 시를 짓는 마을이 아마도 그러할 것이다.


## 도시의 별을 바라보며

또 한 시인은 새벽별을 보며 시인 친구를 불러낸다. 부제에 유념하며 시를 읽어 보라.

서울에서 보는 별은 흐리기만 합니다

술에 취해 들어와

그래도 흩어지는 정신 수습해

변변찮은 일감이나마 잡고 밤을 샙니다

눈은 때꾼하지만 머리는 맑아져 창 밖으로 나서면

새벽별 하나

저도 한잠 못 붙인 피로한 눈으로

나를 건너다보고 있습니다

우리는 오래 서로 기다려 온 사람처럼

말없이 마주 봅니다

살기에 지쳐 저는 많은 걸 잃었습니다

잃은 만큼 또다른 것을 얻기도 했습니다

그대도 시골 그곳에서 저 별을 보며

고단한 얼굴 문지르고 계신지요


부질없을지라도

먼 데서 반짝이는 별은 눈물겹고

이 새벽에

별 하나가 그대와 나를 향해 깨어 있으니

우리 서 있는 곳 어디쯤이며

또 어느 길로 가야 하는지

저 별을 보면 알 듯합니다

딴엔 알 듯도 합니다

  꼭 시인이 모여 살아야 시인의 마을은 아니다. 도시에 살아도 그런 별을 보며 별을 가슴에 넣고 줍고 닦고 살면 한마을 사람인 게다. 궁금해 또 찾아봤더니 도종환, 김사인 시인이 비슷비슷한 연배이시다. 이분들이 더 안 늙으셨으면 좋겠다. 시인은 못 되지만 나도 부지런히 나이 먹어 쫓아가야지. 그래서 마을 한구석이라도 차지하면, 그 마을 별길은 내가 쓸어 드려야지. 험한 세상은 험한 대로 결코 잊지 아니하면서도 별을 사랑하는 마음으로 그분들의 그림자를 쫓아야지. 시인은 험한 세상의 다리와 같은 존재니까.

# 11. 죽은 시인의 사회와 그 적敵들

시를 꿈꾸는 그대를 위해

시와 선생님이 아이들의 인생을 바꾼 것,

그것이 결코 영화 속 세상만은 아니길.

의외로 시는, 그리고 소망은 힘이 세다.

# 키팅은 없다

1950년대 미국 명문 사립 학교를 배경으로 삼아 1989년 개봉된 영화 〈죽은 시인의 사회〉. 이십 년이 훌쩍 넘었지만 이 영화의 감동은 여전히 현재진행형이다. 세대와 세대를 넘어, 동과 서를 넘어 이 영화가 사랑받은 이유는 무엇일까? 그 감동의 원천에는 로빈 윌리엄스 Robin Williams가 열연한 '키팅' 선생님이 자리하고 있는바, 도대체 키팅은 어떤 사람이기에 이상적인 교사로 만인들에게 받아들여지고 있는 걸까?

많은 사람이 우리 교육의 현실을 비판하면서 왜 이 땅에는 키팅 같은 선생님이 없냐고 한탄하지만, 이 점은 미국도, 아니 전 세계도 마찬가지다. 말할 것도 없이 그런 선생님이 도처에 널려 있다면 이처럼 영화화됐을 리가 없잖은가. 실제로 이 영화가 개봉됐을 때 〈뉴욕 타임스〉의 영화 평론가 스테픈 홀든 Stephen Holden은 이렇게 키팅을 묘사했다. "운이 좋다면 우리 교육계에서 언젠가는 만나게 될 수도 있을 환상적인 교사"라고. 그의 말이 맞는다면 우리 교육계는 아직껏 그다지 운이 좋은 편이 아닌 쪽 같다.

왜 키팅인가? 아마도 원형적이고 신화적인 그 무엇이 키팅의 캐릭터 안에 들어 있을 것이다. 그렇지 않고서야 민족과 인종을 넘어 시대와 환경을 넘어 이렇듯 보편적인 감동과 환영을 받을 리 없기 때문이다. 무엇일까, 그것이 궁금했다.

# 오, 캡틴,
# 마이 캡틴!

존 키팅은 모교 웰튼 아카데미로 부임해 온 국어 교사다. 그는 미국의 전통 명문인 웰튼 아카데미를 졸업하고, 로즈 장학금(Rhodes Scholarship: 세계 최고 권위의 장학금 가운데 하나. 클린턴 미국 대통령과 블레어 영국 총리가 받은 장학금)을 받아 가며 옥스퍼드 대학을 다닌 수재다. 키팅의 이런 경력은 웰튼의 엘리트 제자들이 그를 따르게 한 배경 요인 중 하나가 되었을 것이다. 존경할 만한 선배요, 자신들이 추구하는 이상적인 경력을 그대로 갖춘 이가 가르치니 얼마나 설득력이 있었을까.

훗날 학생들은 키팅에게 묻는다. 왜 교사가 되었냐고. 왜 당신 같은 최고의 엘리트가 교직 따위를 택했냐는 뜻이었을 게다. 이에 키팅은 간단 명료하게 대답한다. "Because I love teaching." 가르치는 게 좋아서. 그것 외에는 생각해 본 적이 없다고. 이 대답을 통해 그는 거꾸로 제자들에게 묻는 셈이 된다. 그럼 너희들은 왜 법대, 의대, 공대를 가려 하니? 거기 나오면 돈을 많이 벌어서? 권력과 명예를 얻으려고? 아니다. 네가 좋아하는 걸 하며 살아라. 남과 다르게 extraordinary 살라고 내가 말하지 않았니. 그래, 법학과 의학과 공학이 정말 좋아서 그 대학을 가야 하는 거다. 가르치는 게 좋아서, 더 잘 가르치기 위해 나는 아이비리그를 갔고 유학을 다녀왔고 그래서 드디어 교사가 됐다. 그게 다다. 이제 이해가 가니?

그런데 왜 하필이면 모교일까. 자기가 겪어 보았기에 권위적이고 억압적인 학교 분위기를 누구보다도 잘 알았을 테니, 그곳에 새로운 바람을 불러일으키고 싶어서가 아니었을까. 결국 그는 모교에서 박해를 받는다. 이는 본향本鄕에서 환영받지 못하는 선지자와 다를 바가 없다. 그에게서는 예수 냄새가 난다.

첫 수업 시간, 키팅은 휘트먼Walt Whitman이 링컨Abraham Lincoln을 찬양한 시를 빌려 학생들에게 자신을 "오! 선장님, 나의 선장님Oh! Captain, My Captain!"이라고 부르게 한다. 영화 속에서 키팅이 가장 많이 인용한 시가 휘트먼의 시이고, 휘트먼이 가장 존경한 인물은 링컨이었으며, 링컨은 극빈한 환경에서 신앙심 깊게 자라나 노예를 해방하고 암살당한 점에서 예수의 이미지와 자주 오버랩되는 인물이다. 하고 많은 명칭 가운데 하필이면 왜 '선장님'인가? '선장'은 배의 방향을 인도하고 배와 선원들의 운명을 책임지는 자, 그런고로 '선장'은 '선지자'

요, '구세주'를 동시에 함축하는 것. 따라서 이 대목에서 "주여, 오, 나의 주여Lord! Oh, My Lord!"를 연상하는 것이 어색하지 않을 것이다.


## 때를 놓치지 마라
## 카르페 디엠

그에 이어지는 장면에서 바로 '카르페 디엠Carpe Diem'이라는 라틴어가 나온다. 중세 기독교 시대를 지배했던 언어가 지상의 명령처럼, 하나의 성스러운 주문처럼 학생들에게 던져진다. 영화 속 한글 자막은 한결같이 이 구절을 "현재를 즐겨라" 또는 "오늘을 즐겨라"로 쓰고 있다. 그러나 이러한 번역은 다소 오해의 소지가 있다. 카르페 디엠에 대해 이야기하기 직전, 키팅은 한 학생에게 "장미꽃 봉오리를 따려면 바로 지금이니 언제나 시간은 쉼 없이 흐르고, 오늘 이렇게 활짝 핀 꽃송이도 내일이면 시들고 말지어다"라는 로버트 헤릭Robert Herrick의 시 〈To the Virgins, Make Much of Time〉을 읽힌다. 그러고 나서 '장미꽃 봉오리를 따려면 바로 지금이니'의 정서를 가리키는 라틴어가 곧 카르페 디엠이라 했던 것이다. 따라서 이는 "때를 놓치지 마라"는 의미로 이해함이 적절하다. 그렇다면 '카르페 디엠'은 "천국이 멀지 않았다"와 통하는 종말론적 언설이 아닐 수 없다.

키팅은 학생들을 교실 밖 학교 역사 박물관으로 데리고 가서 카르페 디엠에 대해 이야기한 다음, 거기에 걸려 있는 선배들의 사진을 보며 이렇게 말한다. "지금의 여러분과 다른 점이 어디 있나? 여러분처럼 눈 속에 희망이 서려 있다. 여러분과 마찬가지로 멋진 장래가 보장될 거라고 확신하고 있었다. 그런데 저 미소들은 지금 어디에 있다고 생각하나? 또 가슴에 품었던 희망은 어디로 사라졌는가? 이들 가운데 일평생 동안 소년 시절 품었던 꿈을 마음껏 펼쳐 본 사람이 과연 몇이나 될까? 대부분은 지난 시간을 후회하고 아쉬워하면서 무덤 속으로 먼저 사라졌다. 능력이 부족해서 그랬다고 말할 수 있을까? 모두 전지전능한 성공의 신을 뒤쫓는 데 급급해서 어린 시절의 꿈을 헛된 욕망에 써 버린 거야. 지금은 결국 땅속에서 한낱 수선화의 비료로 썩고 말 것을! 하지만 좀 더 가까이 다가가 보면 이들이 속삭이는 소리가 들릴 것이다. 자, 들어봐! 어서, 이리와 봐. 들리지?" 그런 연후에 키팅이 낮은 목소리로 속삭이듯 말한 것이 바로 '카르페 디엠'이었던 것이다.

사람은 누구나 죽으며 세속의 어떠한 성공도 결국 헛되고 헛되다. 카르페 디엠은 비록 그 안에 현실적인 것보다는 낭만적인 것을 추구하라는 의미가 들어 있음이 사실이지만, 그렇다고 하여 "노세 노세 젊어서 노세"처럼 인생을 쾌락으로 즐기라는 뜻으로 볼 수는 없다. 만일 그랬다면 그 말이야말로 사탄의 유혹에 가까웠을 것이다. 키팅은 공부하지 말고 인생을 즐기라고 유혹한 것이 아니라 헛된 것을 추구하지 말고 참된 가치를 추구하기 위해 일촌광음을 아끼라고 한 것이다. 사랑, 낭만, 시, 아름다움 같은 것을 위해 살아야 하는, 이때를 놓치지 말라고.

# 교과서를 찢어라

그다음 시간, 키팅은 학생들이 교과서로 쓰고 있던 《시의 이해》 첫 장, 시에 관한 분석적 설명으로 일관한 서문을 읽힌다. 서문의 내용은 이러하다. "시를 완전히 이해하려면 먼저 그 시의 압운과 율격, 그리고 비유에 능통해야만 한다. 그러고 나서 두 가지 질문을 하라. 첫째, 시의 대상이 얼마나 예술적으로 표현되고 있는가. 둘째, 그 대상은 얼마나 중요한가. 첫째 질문은 시의 완성도를 측정하는 것이며, 두 번째 질문은 시의 중요도를 재는 것이다. 일단 이 질문에 답할 수 있게 되면, 시의 위대성을 판별하는 것은 비교적 쉬운 문제에 속하게 된다."

정말 쉬울까?《시의 이해》는 이렇게 이어진다. "시의 완성도를 나타내는 점을 그래프의 가로축에 놓고, 중요도를 세로축에 그린 다음, 그 시의 면적을 계산하면 그 시가 지닌 위대성의 정도를 산출할 수가 있게 된다."

이때 키팅은 자리에서 슬그머니 일어나 분필을 들어 칠판에다 좌표를 그린다. 책에 시선을 고정하고 있던 학생들 가운데 몇몇은 선생의 그림을 그대로 공책에 따라 그린다. 낭독은 계속된다.

"바이런George Gordon Byron의 소네트는 세로축에서는 높은 점수를 받을 수 있지만, 가로축에서는 평균 점수에 불과하다. 반면에 셰익스피어William Shakespeare의 소네트라면 가로, 세로 모두 높은 점수를 받아 큰 면적을 차지하게 될 것이고, 따라서 이 시야말로 진정 위대한 작품임을 알 수 있게 되는 것이다. 이 책에 실린 시를 섭렵해 가면서 이 척도법을 훈련하도록 하라. 이렇게 시를 평가하는 능력이 향상될수록 시에 대한 향유와 이해도 성장하게 될 것이다."

이렇게 낭독이 멈출 때쯤 키팅이 칠판에 그린 그림이 완성되거니와, 곧 위대성Greatness은 완성도Perfection와 중요도Importance의 곱, 즉 {G=P×I}라는 도식으로 요약될 수 있으므로, 셰익스피어 시는 바이런 시보다 더 위대하다는 결론 {S≥B}이 가시적으로 도출된다. 하지만 이 훌륭한 도식을 키팅은 '똥excrement'이라 부르며 찢어 버리라고 명령한다. "우리는 배관을 하는 것이 아니라 시를 이야기하고 있다. 이것은 바이블이 아니다. 이것 때문에 지옥에 들어가선 안 되지" 하면서 책의 서문 전체를 찢어 버리게 한다. 시는 가요 순위처럼 측정할 수 있는 것이 아니니.

그의 말대로라면 그 교과서는 거짓이다. 우리가 시를 읽는 것은 인류의 일원이기 때문이며, 시, 낭만, 사랑, 아름다움이 이 세상에 존재하는 것은 그것이 곧 삶의 목적이기 때문이라고 키팅은 주장한다. 그런데 이 교과서는 그 목적에 이르도록 하는 것이 아니라 오히려 멀어지게 한다. 그러니 이건 찢어야 마땅하다. 그런데도 이 장면에서 학생들은 물론 그것을 보는 관객조차도, 특히 적지 않은 양의 교과서를 집필해 온 나로서는 교과서를 찢는다는 일이 꽤 불편하게 다가왔다. 교과서를 찢다니 굳이 그럴 필요까지야 있나 하는 생각에서다. 비난하기는 쉽지만, 현실의 교과서와 교육이 왜 이렇게 될 수밖에 없는지에 대해 나로서는 변명할 말이 삼백 가지가 넘기 때문이다.

다만 악한 것은 악한 교과서이지 교과서를 찢는 것이 아니라고, 찢기지 않을 교과서를 쓰는 것이 옳은 일이라고, 그것이 이 장면의 교훈이라고 나 자신을 다독였다.

시를 사랑하기는커녕 오히려 시로부터 멀어지게 하는 온갖 지식들, 그것이 오히려 권위를 지니고 우리 교육을 지배하고 있으니, 이것이야말로 우상이 아니고 무엇이랴. 그러니 교과서를 찢으라는 것은 우상의 파괴요, 율법주의의 폐기를 선언함과 다름없다. 성전에서 우상 숭배가 벌어지는 것을 보고 분노를 참지 못했던 예수처럼 키팅 또한 우리 교육의 목적과 수단이 전치되어 가짜 교육이 진짜 교육을 억압하는 현실에 맞서고자 하는 것이다. 시는 율법이 아니라 사랑이다. 시는 입시를 위한 수단이 아니라 우리가 살아가고 또 사랑해야 할 목적 그 자체이다.

책을 찢으라는 명령은 곧 해방의 명령이다. 이를 따를 때 해방이 온다. 많은 학생이 쾌감과 해방감을 느낀 것은 자연스러운 일이다. 하지만 교과서를 찢되 유독 자를 대고 반듯하게 자른 학생, 다시 말해 명령을 따르긴 하되 일말의 유보를 남겨 놓았던 캐머런을 기억해 두자. 자로 댄 만큼, 바로 그만큼의 믿음이 부족했기에 훗날 그는 키팅을 배반하지 않았던가.

이러한 관점에서 본다면 절대 놓쳐선 안 될 장면이 또 하나 있다. 소심한 토드 앤더슨의 입을 열게 해 그 입에서 시가 샘솟듯 쏟아져 나오게 하는 대목이다. 토드는 문학적 불구와도 같았다. 그러나 키팅은 그의 눈을 감게 하고 자신의 내면에 담긴 목소리를 꺼내게 하는

데 성공한다. 그것은 마치 벙어리가 말을 하고, 앉은뱅이가 일어서며, 장님이 눈뜨는 기적과도 상통한다. 그러고 나서 키팅은 토드에게 부드러운 목소리로 명령한다. "이 수업을 잊지 말라."

## 사도들의 행진

이제 제자들은 키팅을 신뢰하게 되고, 그를 따라 '죽은 시인의 사회'를 결성(재건)한다. 이로써 명백히 그들은 키팅의 사도使徒가 되는 셈이다. 한밤중, 학교 당국의 눈을 피해 그들이 동굴을 향해 갈 때, 그들은 명문 사립 학교의 전통적 복장 가운데 하나인 더플코트dufflecoat를 입고 코트에 달린 모자를 뒤집어쓰고 간다. 안개가 피어오르는 어둠 속에서 역광으로 이들을 잡은 영화 장면은 이들이 마치 중세의 수도승 복장을 한 것 같은 연상을 불러일으키는데, 이 역시 결코 우연은 아닐 것이다. 그들이 찾아간 곳이 '동굴'이었음 또한 여러모로 의미심장하다. 말할 것도 없이 그것은 재생과 부활, 곧 거듭남의 상징적 의미를 담고 있을 뿐만 아니라, 초기 기독교도의 피난처 구실을 한 지하 묘지, 카타콤the Catacombs을 연상시키기 때문이다.

　그렇게 찾아간 동굴 속에서 그들은 키팅이 고등학생 시절 '죽은 시인의 사회'를 결성했던 당시의 책을 빌려 경전처럼 낭송한다. 그들의 의식儀式은 이교도異教徒─기독교도가 초기에는 이교도로 간주되었듯, '죽은 시인의 사회' 구성원들은 학교의 전통에서 보면 이교도임이 틀림없다—의 그것처럼 은밀하고 비장하며 동시에 강한 행복감과 소속감을 안겨 준다. '죽은 시인의 사회'가 동굴에서 처음 열린 날, 학생들은 친구의 시 낭송이 끝나자 '아멘'이라고 답하면서 키득거리기도 한다.

영화 첫 장면에 나오는 학교의 의례적 행사인 입학식과 대비해 보라. 놀런 교장이 '지식의 빛'이라 칭했던 촛불, 자랑스레 밝혔던 100년의 역사, 아이비리그에 75퍼센트가 진학했다는 자부심 등은 이 이교도의 입장에서 보면 우상, 거짓 권세 또는 세속에 눈이 어두운 거짓 생명에 해당하는 것들이다. 요컨대 '죽은 시인의 사회' 일원은 전통적인 상징과 상황 정의를 거부하고, 새로운 상징과 상황 정의를 구함으로써 전통적 학교 문화에 저항한다.

키팅과 그의 사도들은 삶의 기쁨을 만끽하며 승리의 경험을 얻는다. 키팅과 학생들이 운동장에 나가 완전한 일체감 속에서 축구를 하고 그에 이어 학생들이 키팅을 어깨에 둘러메고서 행진을 할 때, 신의 영광과 승리를 찬미한 베토벤의 합창 교향곡이 배경 음악으로 울려 퍼져 나오는 것 또한 전혀 이상한 일이 아니다. 영화의 포스터에 등장하기까지 했던 이 장면은 사실상 이 영화의 첫 번째 클라이맥스로 보아야 한다. 관객들조차 이 대목에서 환희와 해방감을 느끼게 된다. 키팅의 승리 행진, 학생들을 타고 운동장을 도는 이 행진 장면은 나귀를 타고 가는 예수를 향해 백성들이 종려나무 가지를 흔들며 호산나를 연호한 '예루살렘 입성' 장면과 상통하는 면이 있다. 백성들은 알지 못했지만, 스스로 십자가를 매기 위해 본향 땅 예루살

렘으로 초라하게 입성하는 그 모습 그대로, 학생들의 환호로 표상되는 키팅의 이 승리 장면을 경계로, 이 영화는 '박해'의 과정으로 들어선다.


## 고난과 박해

아닌 게 아니라, 박해의 조짐은 찰리의 만용에 가까운 행위에서 이미 나타나기 시작한다. 웰튼 아카데미에 여학생을 받아들이자는 기사가 학교 신문에 실리자, 이 문제로 학교 당국이 전교생을 강당에 소집했을 때, 찰리는 엉뚱하게도 학교와 교장을 희화화한다. 이는 권위와 전통에 대한 집단적인 반발로 비칠 수밖에 없다. 그동안 키팅의 수업을 예의 주시하기만 하던 교장이 찰리를 체벌하면서까지 이 사태를 심각하게 다루게 된 이유가 바로 여기에 있다. 그는 찰리에게 "너 말고 누가 이 일에 관여했지?", "'죽은 시인의 사회'가 뭐지? 명단을 대라!" 하면서 다그친다. '죽은 시인의 사회'는 더 이상 일부의 문제가 아니고, 그들의 의식과 정신은 이 사태로 집단 세력화할 파괴력이 있음이 드러났기 때문이다.

결정적으로 닐 페리의 죽음과 더불어 박해가 시작된다. 닐은 평생 연극을 하겠다는 각오로 무대에 오르지만, 그의 부모는 닐이 의사가 되기를 원했다. 부모의 강압에 못 이긴 닐은 결국 자살을 선택한다. 키팅을 따르고 그의 삶을 가장 적극적으로 모방하고자 했던 충실한 사도使徒 닐, 그는 거의 알몸인 채로 연극에서 요정 역을 맡느라 썼던 가시 면류관을 다시 머리에 쓴 채, 예수의 모습처럼 죽음을 맞는다. 이것은 순교殉教로 표상되는 최고의 저항이다.

하지만 닐의 죽음으로 조직은 와해되기 시작한다. 캐머런은 예수를 팔았던 '가룟 유다'처럼 조직을 밀고했고, 비록 강압에 의한 것이었지만 조직의 구성원들도 '베드로'처럼 하나둘 키팅을 부인하게 된다. 학교가 필요로 했던 것은 캐머런의 대사처럼 '희생양'이었다. 자신의 자백을 정당화하면서 캐머런은 친구들에게 이렇게 말한다. "닐을 살릴 수는 없어도 너희 자신은 살릴 수 있다"라고.

키팅은 학교를 떠나지 않을 수도 있었다. 그는 닐에게 아버지에게 진심을 말씀드리라며 조언하기도 했고, '죽은 시인의 사회' 또한 학생들 스스로 결성한 것이지 키팅이 권한 것도 아니기 때문이다. 하지만 그가 변명을 하면 학생들이 학교를 그만두어야 한다. 따라서 키팅의 책임이 어디까지냐에 대해서는 논쟁의 여지가 있겠으나, 키팅이 자신의 잘못 때문이 아니라 남의 잘못을 대신 책임져 주기 위해 학교를 떠나야 했다는 것만은 분명한 일이다. 이처럼 여기서도 키팅은 마치 예수처럼 대속<sub>代贖</sub>하는 존재로 부각된다.

## 떠나가는 키팅의 승리

이것은 학생들 편에서는 고맙지만 대단히 부담스럽고 죄책감이 드는 일이 아닐 수 없다. 그리하여 학교를 떠나는 키팅에게 토드는 "키팅 선생님! 모두들 강제로 서명한 거예요!"라고 외치면서 "믿어 주세요. 정말이에요.<sub>You gotta believe me. It's true.</sub>"라고 간구한다. 그러자 키팅은 답한다. "믿는다마다, 토드야<sub>I do believe you, Todd.</sub>"라고. 사제지간이 믿음의 관계로 올라서는 가슴 찡한 순간이다.

이 믿음이야말로 가장 소심한 사도였던 토드로 하여금 "선장님, 나의 선장님!"이라고 외치며 책상 위로 올라서게 하고, 토드의 이 행동은 교장의 협박과 만류에도 불구하고 반 친구들 대부분이 토드의 행동을 따르게 만드는 결과를 가져왔다. 사실, 고정관념대로 생각한다면 '자살'은 소심한 토드가 함 직하고, '저항'은 강인한 닐이 해야 할 것 같지만 이 영화는 그것이 뒤바뀌어 있다는 데 매력과 설득력이 있다.

아마 토드가 죽었으면 우리는 "원래 그 아이가 심리적 문제가 좀 있었잖아" 했을 것이고, 닐이 책상으로 올라서면 또한 "쟤는 원래 키팅 선생님 왕 팬이잖아" 하면서 그냥 쳐다만 보았을지도 모른다. 하지만 강인한 닐이 죽고 소심한 토드가 일어서기에 우리의 아픔과 감동이 배가되는 것이다. 그 소심한 토드가 벌떡 일어서는데 우리가 일어서지 않을 도리가 없는 것. 그러기에 그것을 바라보는 우리의 콧날이 시큰해질 수밖에 없는 것. 그것이 이 영화의 마지막 장면이 주는 감동의 정체다. 하지만 이 영화의 미덕은, 그러나 모든 학생이 다 책상에 따라 올라가지는 않았다는, 그 절제와 냉정함에 있다. 그렇다. 현실은 그리 쉽게 변혁되지 않는다.

결국 키팅은 쫓겨난다. 예수와 키팅의 대비도 여기서 끝난다. 현실적으로 닐이 죽음에서 부활할 수 없듯이, 키팅이 3일 만에 다시 복교하는 일은 없었을 것이다. 하지만 예수가 십자가에 못 박혀 죽은 사건이 패배가 아니라 승리의 사건으로 해석되듯, 비록 키팅은 떠나도 '성령'처럼 그의 정신이 살아남아 이 웰튼 아카데미를 새로이 역사하리라는 것, 이 영화는 그것을 암시하고 싶었는지 모른다.


## 왜 키팅은
## 이 땅에 없는가?


이제 우리의 첫 질문으로 돌아가자. 왜 키팅은 이상적인 교사요, 이 땅에 존재하기 힘든 교사로 비쳤을까. 이유는 간명하다. 인류의 교사

라 불린 소크라테스도 예수도 모두 그 사회로부터 축출되었음에 우리는 주목해야 한다. 여기서 우리는 소설이나 영화 같은 상상적 텍스트가 갖는 미덕과 새삼 만나게 된다. 무릇 현실을 반영하는 텍스트들은 우리 현실에 대한 비판과 고발의 정신을 함축한다. 우리 현실이 이상향이 아닌 한, 위대한 문학과 영화는 너무 익숙해서 감추어진 사회의 추문醜聞을 우리에게 들려준다. 그래서 우리는 분개한다. 가령, 우리는 로미오와 줄리엣을 사랑하며, 그들의 부모와 그 사회에 대해 분개한다. 그러나 잠시 후, 우리는 우리 자신이 바로 그 사회의 일원이었음을, 내가 바로 그 부모와 사회였음을 고통스럽게 깨닫게 된다.

그래서 이제 우리는 다시 이렇게 물어야 한다. 막상 우리의, 혹은 우리 자녀의 고3 담임선생님이 키팅 같다면 과연 어찌했겠는가? 교과서를 찢고, 수업 시간에 축구나 하고, 대입이 인생의 목표가 아니고, 지금은 낭만을 즐길 때니 그것을 놓치지 말라는 교사에 대해 말이다. 그러한즉 혹시 내가 닐의 아버지였으며 교장이 아니었는지에 대해, 위대한 스승을 간절히 원한다면서도 키팅 같은 교사를 이 땅에서 내모는 데 공모한 존재는 아닌지에 대해 자문해 보아야 한다. 다시 말해 왜 이 땅에는 키팅 같은 사람이 없느냐며 교사들을 향해 원성을 내뱉기 전에, 왜 이 땅에는 키팅이 설 수 없는지에 대해 그 구조적 문화적 요인을 찾아 해명하는 일이 필요한 것이다.

키팅은 왜 쫓겨났는가? 카르페 디엠이 잘못된 것은 아니다. 문제는 이 말이 서로 다른 상황 정의를 갖는다는 데 있다. 실은 많은 부모님과 선생님도 이 말을 즐겨 쓴다. "모든 일에는 때가 있는 법. 공부할 때 공부하지 않으면 성공할 수가 없다"라든가, "고등학교 때는 공부만 해라. 대학 가서 놀아라"라든가, "대학만 가면 네 마음대로 해라. 하지만 지금은 부모 말을 들어라. 다 너를 위해서 하는 말이다" 등은 카르페 디엠의 현실 버전들이다. 교육은 현재 삶의 존재론적 가치와 미래 삶을 준비하는 도구적 가치 양면을 갖고 있기 때문이다.

하지만 우리 교육의 현주소처럼 그것이 오로지 후자 쪽으로만 흐를 때 현실은 위험해진다. 초등학생까지 선행 학습의 광풍에 빠지게 하는 것은 잘못된 일이다. 그래서 현실적으로 말해 우리가 키팅을 변호하려면, 적어도 우리는 키팅 식으로 가르쳐도 대학 입시에 성공할 수 있음을 증명해 보여야만 한다. 학생 각자가 저마다 개성적인 목소리를 내고, 서로를 경청하며 시와 사랑과 낭만과 아름다움을 누릴 수 있게 하는 교육, 만일 그것이 더 성공적임이 밝혀진다면 더는 말할 것도 없이 다른 교사들은 퇴출당해야 할 것이다. 하지만 그러한 기대는 꿈처럼 여겨진다.

그래도 이 영화는 "교육이 무슨 힘이 있느냐, 교육이 내 인생에 무슨 영향이 있느냐, 그리고 시 따위가 문학 따위가 무슨 힘이 있고 무슨 가치가 있느냐"라고 묻는 사람들에게 강한 반론을 제시한다. 우리의 교육 현실에 절망하는 이들에게 분노를 넘어 감동을, 절망을 넘어 희망과 소망을 안겨 준다. 그리고 그 꿈은 언젠가 반드시 이루어질 것이다. 선생님과 아이들이 시를 듣고 서로의 목소리를 경청하는 것, 그리하여 시와 선생님이 아이들의 인생을 바꾼 것, 그것이 결코 영화 속 세상만은 아니길, 우리가 모두 열렬히 믿고 그날이 오길 간절히 소망한다면 말이다. 의외로 시는, 그리고 소망은 힘이 세다.

# 수록 작품

**머리말**

황규관, 〈마침표 하나〉, 《패배는 나의 힘》, 창비, 2007


**1 두근두근, 그 설렘과 떨림**

고재종, 〈첫사랑〉, 《쪽빛 문장》, 문학사상사, 2004

김애란, 《두근두근 내 인생》, 창비, 2011

최영미, 〈선운사에서〉, 《서른, 잔치는 끝났다》, 창비, 1994


**2 총, 꽃, 시**

박남수, 〈할머니 꽃씨를 받으시다〉, 《박남수 전집 1》, 한양대학교출판원, 1998

전봉건, 〈0157584〉, 《아지랭이 그리고 아픔》, 혜원출판사, 1987

──, 〈BISCUITS〉, 《아지랭이 그리고 아픔》, 혜원출판사, 1987

──, 〈서문〉, 《새들에게》, 고려원, 1983


**3 그대를 듣는다**

김연수, 〈달로 간 코미디언〉, 《세계의 끝 여자친구》, 문학동네, 2009

유하, 〈바람부는 날이면 압구정동에 가야 한다 6〉, 《바람부는 날이면 압구정동에 가야

한다 6》, 문학과지성사, 1991

앙드레 말로, 윤옥일 옮김, 《인간의 조건》, 동서문화사, 2012


4  **서른에서 마흔까지**

김선우, 〈시간은 오래 지속된다〉, 《내 혀가 입 속에 갇혀 있길 거부한다면》, 창비, 2000

이문재, 〈소금창고〉, 《제국호텔》, 문학동네, 2004

정이현, 《달콤한 나의 도시》, 문학과지성사, 2006

최승자, 〈마흔〉, 《내 무덤 푸르고》, 문학과지성사, 1993

——, 〈삼십 세〉, 《이 시대의 사랑》, 문학과지성사, 1981

——, 〈올여름의 인생공부〉, 《이 시대의 사랑》, 문학과지성사, 1981

잉게보르크 바흐만, 차경아 옮김, 《삼십 세》, 문예출판사, 1995


5  **하루 또 하루**

김수영, 〈그 방을 생각하며〉, 《김수영 전집 1》, 민음사, 2003

김열규, 《아흔 즈음에》, 휴머니스트, 2014

김종삼, 〈묵화〉, 《김종삼 전집》, 나남출판, 2005

도종환, 〈오늘 하루〉, 《당신은 누구십니까》, 창비, 1993

——, 〈오늘 하루〉, 《흔들리며 피는 꽃》, 문학동네, 2012

박시교, 〈힘〉, 《13월》, 책만드는집, 2016

박완서, 〈갱년기의 기나긴 하루〉, 《기나긴 하루》, 문학동네, 2012

최영미, 〈행복론〉, 《꿈의 페달을 밟고》, 창비, 1998

김관명 기자, 전인권 인터뷰 "미쳤다고 연예인을 존경해? 댓글에 충격", 엑스포츠뉴스,
2015. 9. 25

올리버 색스, 김명남 옮김, 《고맙습니다》, 알마, 2016


6  **행복한 고독**

김종길, 〈고고〉, 《하회에서》, 민음사, 1977

마종기, 〈우화의 강〉,《그 나라 하늘빛》, 문학과지성사, 1991

복효근, 〈개똥〉,《새에 대한 반성문》, 시와시학사, 2000

안도현, 〈겨울 강가에서〉,《그리운 여우》, 창비, 1997

이승하, 〈저 강이 깊어지면〉,《뼈아픈 별을 찾아서》, 시와시학사, 2001

조지훈, 〈동야초〉,《조지훈 전집 1》, 일지사, 1973

황인숙, 〈강〉,《자명한 산책》, 문학과지성사, 2003

마리엘라 자르토리우스, 장혜경 옮김,《고독이 나를 위로한다》, 예담, 2010


## 7 거울아 거울아

기형도, 〈질투는 나의 힘〉,《입 속의 검은 잎》, 문학과지성사, 1989

윤동주, 〈자화상〉,《정본 윤동주 전집》, 문학과지성사, 2004

——, 〈참회록〉,《정본 윤동주 전집》, 문학과지성사, 2004

안데르센, 김양미 옮김,《눈의 여왕》, 인디고, 2009


## 8 서울 가는 길

김지하, 〈서울길〉,《황토》, 풀빛, 1970

백석, 〈팔원(八院)-서행시초(西行詩抄) 3〉,《정본 백석 시집》, 문학동네, 2007

신동엽, 〈종로 5가〉,《東西春秋》, 1967년 6월호

이용악, 〈북쪽〉,《분수령》, 삼문사, 1937


## 9 시인은 무엇으로 사는가

박목월, 〈밥상 앞에서〉,《박목월 시 전집》, 민음사, 2003

오규원, '순례 序',《오규원 시 전집 1》, 문학과지성사, 2002

——, 〈용산에서〉,《오규원 시 전집 1》, 문학과지성사, 2002

——, 〈프란츠 카프카〉,《오규원 시 전집 1》, 문학과지성사, 2002

정다혜, 〈시의 경제학〉,《마지막 출근》, 문학의전당, 2014

한강, 〈어느 늦은 저녁 나는〉,《서랍에 저녁을 넣어 두었다》, 문학과지성사, 2013

황지우, 〈거룩한 식사〉, 《어느 날 나는 흐린 酒店에 앉아 있을 거다》, 문학과지성사, 1997

## 10 순한 마을에 별은 내리고

곽재구, 〈사평역에서〉, 《사평역에서》, 창비, 1983

────, 〈유곡나루〉, 《서울 세노야》, 문학과지성사, 1995

김사인 지음, 〈새벽별을 보며: 청주의 도종환 형께〉, 《밤에 쓰는 편지》, 문학동네, 2005

도종환, 〈어떤 마을〉, 《흔들리며 피는 꽃》, 문학동네, 2012

# 그대를 듣는다

**1판 1쇄 발행일** 2017년 6월 5일
**1판 7쇄 발행일** 2020년 1월 13일
**2판 1쇄 발행일** 2020년 10월 12일
**2판 2쇄 발행일** 2023년 9월 18일

**지은이** 정재찬

**발행인** 김학원
**발행처** (주)휴머니스트출판그룹
**출판등록** 제313-2007-000007호(2007년 1월 5일)
**주소** (03991) 서울시 마포구 동교로23길 76(연남동)
**전화** 02-335-4422 **팩스** 02-334-3427
**저자·독자 서비스** humanist@humanistbooks.com
**홈페이지** www.humanistbooks.com
**유튜브** youtube.com/user/humanistma **포스트** post.naver.com/hmcv
**페이스북** facebook.com/hmcv2001 **인스타그램** @humanist_insta

**편집주간** 황서현 **편집** 김나윤 이영란 **디자인** 김태형 유주현 박인규 **사진** 하현희 셔터스톡 연합뉴스
**조판** 홍영사 **용지** 화인페이퍼 **인쇄** 청아디앤피 **제본** 민성사

ⓒ 정재찬, 2017

ISBN 979-11-6080-033-3 03810

**NAVER 문화재단** 파워라이터 ON 연재는 네이버문화재단 문화콘텐츠기금에서 후원합니다.